·成都风土人文丛书·

成都市地方志编纂委员会办公室
成都市新都区地方志编纂委员会办公室 编

巴蜀书社

图书在版编目（CIP）数据

桂湖楹联 / 成都市地方志编纂委员会办公室，成都市新都区地方志编纂委员会办公室编 . — 成都 ：巴蜀书社，2023.12

ISBN 978-7-5531—2148-2

Ⅰ . ①桂… Ⅱ . ①成… ②成… Ⅲ . ①对联 - 作品集 - 中国 Ⅳ . ① I269

中国国家版本馆 CIP 数据核字（2023）第 256389 号

桂 湖 楹 联

GUIHU YINGLIAN

成都市地方志编纂委员会办公室
成都市新都区地方志编纂委员会办公室 编

责任编辑 张裕闻

出　　版 巴蜀书社

成都市锦江区三色路 238 号　邮编 610023

总编室电话：（028）86361856

网　　址 www.bsbook.com

发　　行 巴蜀书社

发行科电话：（028）86361843

经　　销 新华书店

内文排版 四川最近文化传播有限公司

印　　刷 成都思潍彩色印务有限责任公司（028）87518565

版　　次 2023 年 12 月第 1 版

印　　次 2023 年 12 月第 1 次印刷

成品尺寸 190mm × 285mm

印　　张 16.25

字　　数 300 千

书　　号 ISBN 978-7-5531—2148-2

定　　价 98.00 元

《成都风土人文丛书》序

“一个热爱中华大地的人，一定会爱她的每一条溪流，每一寸土地，每一页光辉的历史。”这是习近平总书记30多年前在河北正定县工作时的一段深情告白。

时任县委书记的习近平对正定县的自然地理、文化古迹、历史人物、革命先烈、民风民俗、沧桑巨变如数家珍，娓娓道来。他说：“要热爱自己的家乡，首先要了解家乡。深厚的感情必须以深刻的认识作基础。唯有对家乡知之甚深，才能爱之愈切。”习近平总书记当年的这段话，今天读来仍然发人深省，令人深思，尤其对方志工作者有特别的启迪。方志人有责任把我们脚下的这片土地和生活在这片土地上的人们的历史记录好，传播好;让所有热爱这片土地的人们，了解和熟知这里的人物历史、文化传承、民风民俗、山川河流、名胜古迹、资源物产。

成都是中华文明的重要发祥地之一，具有悠久而独特的历史始原，文化积淀极其深厚，历经风雨，屡经磨难，却毁而不灭，不断再生，显示出强大的生命力。成都2000多年城址、城名不改，今天已成为中国最有影响力的超大中心城市之一，这种历史发展的延续性在世界城市史上是十分罕见的。千百年来，我们的先辈生活在这片土地上，书写了灿烂辉煌的历史，留下了多彩难忘的记忆。把这些散落在城市各个角落的历史和记忆挖掘好，整理好，串联起来，汇编成册，是对成都历史文化尤其是乡土文化最好的发掘与保护。

成都市地方志编纂委员会办公室组织编纂的《成都风土人文丛书》旨在传承历史文脉，弘扬巴蜀文化，唤醒乡愁记忆，滋养乡土情怀。目前，丛书已出版三十多册，社会反响良好。下一步，我们将紧紧围绕地方志“存史、资政、育人”的重要功能，在丛书内容深度和编写质量上下功夫，不断推出彰显中华文明、巴蜀魅力、时代精神，让老百姓喜闻乐见的方志成果，为成都建设世界文化名城、提升城市文化影响力做出方志贡献。

知之越深，爱之愈切。

是为序。

成都市地方志办公室党组书记、主任　马海军

2022 年 7 月

《桂湖楹联》序

习近平总书记在2023年6月文化传承发展座谈会上指出，“盛世修文，我们这个时代，国家繁荣、社会平安稳定，有传承民族文化的意愿和能力，要把这件大事办好”。作为巴蜀文化重要承载地的新都，在古代文明的演进中，留下了丰富的文化遗存。这些文化遗存形式多样、内容丰富，充分体现了巴蜀文化源远流长的历史连续性，是我们取之不尽用之不竭的文化源泉，更是我们从深邃的历史维度不断理解古蜀，理解古代中国，继续坚定历史自信、文化自信，从而更好地理解现代中国，更好地理解未来中国的重要依托。

新都历史悠久。东晋时期常璩《华阳国志》载：“蜀以成都、新都、广都为‘三都’，号名城。”说明新都是古蜀国丛帝开明氏以来营建的都城和名城之一。秦汉时置新都县。新都，除在南北朝梁时（502—557）侨置始康郡、始康县，隋代开皇十八年至大业三年（598—607）间改称兴乐县外，新都之名一直延续至今。1991年，新都被公布为四川省第一批历史文化名城。

桂湖，是新都的一处古代人工湖，也是一座风光秀丽的古代园林。桂湖的历史，可追溯到唐代的新都南亭，宋代的新都驿。桂湖的得名，最早见于明代大学者、著名诗人杨升庵的乐府歌行《桂湖曲送胡孝思》。清嘉庆新都知县杨道南《桂湖记》云：“有明杨升庵先生故宅近湖，遂沿堤遍栽桂树，间尝游憩其中。”其《重修桂湖记》又云：“有明杨升庵先生，于两堤栽桂树数百株，作《桂湖曲》，故后人呼为桂湖，乃一县胜迹。”

桂湖灵气：杨升庵遗迹

新都为杨升庵故里。杨升庵（1488—1559），名慎，字用修，号升庵、博南山人、滇南戍史、洞天真逸等，明代四川新都（今成都市新都区）人，著名学者和文学家。杨升庵为明代首辅大学士杨廷和之子，正德六年（1511）状元及第，授官翰林院修撰。嘉靖三年（1524）因“议大礼”事件得罪皇帝，被谪戍云南永昌卫。他在云南推行中原文化，讲学授徒，滇士从者如云，云南学风大开。他在文学、史学、哲学、金石、书画、音乐、戏剧、天文、地理、宗教、民俗等诸多领域成就斐然，被誉为明代百科全书式的大才子。他一生博学多闻，著述达四百余种。《明史·杨慎传》称：“明世记诵之博，著述之富，推慎为第一。”嘉靖三十八年（1559），杨升庵在云南昆明病逝，归葬于新都杨氏祖茔。

杨升庵在新都的遗迹，现已湮没的有杨升庵故宅，杨升庵故宅在桂湖西岸，明代叫双桂堂，因堂前有两株桂树而得名。杨升庵的六世祖杨世贤由湖北麻城迁居新都，后来祖父杨春、父亲杨廷和与杨升庵，都住在双桂堂。双桂堂在清初犹存（在双桂街，现名上升街），后来作为新都县尉的“厅署”，内有桂林、桂花亭，详见清李调元诗《双桂堂杨升庵故宅，即今厅署，双桂殆补植也》、李德扬诗《双桂街访升庵先生宅》、史钦义诗《桂花亭》。双桂堂还有杨升庵手植的榴树，黄峨居住的榴阁，详见黄峨诗《庭榴》、清朱賸诗《古榴赞》、孙澍《古榴树歌》。杨升庵故宅之榴阁和榴树，20世纪80年代已无遗存。

杨升庵在新都的遗迹，现存和修复的主要有桂湖及杨升庵祠、桂湖森林广场（包括学士堰和清源桥）、升庵故里坊（又称状元坊）、杨慎家族墓（又称状元坟）、杨氏宗祠。还有杨状元祠（又称状元府），在新都城内西街，清乾隆五十四年（1789）知县徐世经重建，道光十六年（1836）杨光海重修，现仅存左侧厢房两间。

桂湖森林广场，初名桂湖公园，是1988年为扩大桂湖游览区域而建。

桂湖南面有桂水，又称饮马河、清源河，河上有学士堰又称学门堰，为杨升庵之父明代首辅大学士杨廷和造福桑梓捐建的水利工程，比邻的清源桥，为杨升庵之祖父杨春以杨升庵中状元的贺金捐建。学士堰、清源桥均在桂湖森林广场范围内。

升庵故里坊（又称状元坊），在与西街和上升街联接的状元街尽头，为木质牌坊。额上书“杨升庵先生故里”，侧额书“文献在兹”“仪型不远”。状元坊为清光绪九年（1883）新都知县孙培元重修，20世纪50年代被拆除，2013年春，成都市新都区城市建设局将其重建为石刻牌坊。

杨慎家族墓（又称状元坟），原在新都城外西北二里，1973年因兴修水利横穿墓地而遭到破坏，1988年重修于今新都体育场南端，2012年公布为四川省文物保护单位。

杨氏宗祠，在新都城外西北十里的升庵村，重建于清道光二十八年（1848），为双重四合院建筑，中轴线上为龙门、前厅、正厅，两侧有厢房、昭堂、穆堂，为川西著名的氏族宗祠。现仅存正厅，2015年在祠前建“升庵故里坊”。

桂湖文风：园林楹联

园林建筑是楹联的主要载体。早在五代后蜀，蜀王孟昶即在庆祝春节的门庭上贴下“新年纳余庆，佳节号长春”的春联，这成为中华楹联的嚆矢。后来，楹联文化成为园林文化中不可或缺的组成部分。建筑物楼台亭榭等的名称，大多以匾额来体现。

匾额是中华民族独特的建筑文化精品。它把中国传统诗文、书法、印章体现在匾额上，将雕刻、髹漆、彩绘、建筑艺术融为一体，成为中华文化艺术园地中的一朵奇葩，成为中华优秀传统文化的重要载体。匾额被称为“门楣上的家国，梁柱间的文脉，古建筑的灵魂”。研究匾额文化，有助于我们进一步探究书法艺术和历史遗迹，进一步弘扬中华优秀传统文化。

新都桂湖现在共悬挂、嵌刻匾额32块，其中木刻30块，石刻2块，在全国清代园林中具有代表性。1992年出版的《中华名匾》，集全国名匾之大成，其中选新都桂湖匾额3块，即张奉书书“一半勾留”、朱德书“杨升庵纪念馆”、郭沫若书“桂湖”。

匾额下配以楹联。楹联以对称的两行文字，对园林的历史人文、环境风貌等进行精辟描绘，以各体书法进行充分展示，为园林建筑起到画龙点睛之妙。桂湖园林建筑仍是如此。

明末，桂湖湮没。清代乾隆十七年（1752），新都知县杨绵祚将桂湖开辟为田。清代嘉庆十七年（1812），新都知县杨道南又浚田为湖。清代道光十二年（1832），新都知县汪澍重修桂湖。特别值得称道的是：清代道光十九年（1839），新都知县、江苏常州人张奉书博采杭州西湖、绍兴鉴湖等江南园林之长，结合川派园林特色，重兴和扩建桂湖，“凡台榭亭宇，花木竹石靡不经其匠心独运，结构精奇。桂湖之名胜，自是闻于蜀中”。从此，桂湖园林得到恢复和发展，桂湖成为“蜀中名园”之首。

桂湖园林自张奉书重建以来，升庵祠及楼台亭榭即悬挂有匾额楹联。现存最早的匾额有张奉书所书“一半勾留”，楹联有张奉书的好友周冏颐所书升庵书屋联。此间，清代名臣曾国藩、闽浙总督刘韵珂、四川按察使黄云鹄、四川提督李有恒、四川学政何绍基、四川道员陈桐阶、监察御史梁曦初、内阁中书费道纯、新都教谕刘景伯、龙门书院山长吴鸿恩，以及仰慕杨升庵和桂湖之名的各地文士官员等，都纷纷前来游览桂湖，留下众多可吟可赏的联墨佳作。桂湖楹联，琳琅满目，美不胜收。在蜀西云水散人选辑的《天下名胜楹联》中，即收录桂湖楹联9副，数量仅次于杜公祠（今成都杜甫草堂），桂湖园林名声日益远播。

以文载道：近代以来桂湖楹联的发展

清末民初，桂湖及杨升庵祠仍负盛名。1927年，桂湖重加修葺，更名为桂湖公园，设桂湖公园事务所管理。1934年又在桂湖设新都县民众教育馆。邓锡侯、陈泽及蜀中著名学者梁正麟、姚石倩等，都为桂湖公园留下楹联。

中华人民共和国成立后，桂湖公园名称仍旧，并进行了培修扩建。1959年，在桂湖公园建立杨升庵纪念馆，由朱德题写馆名。1961年，公布杨升庵纪念馆与桂湖为四川省文物保护单位。全国和四川著名人士郭沫若、陈云诰、向楚、刘孟伉、毛书贤、马公愚、冯灌父、刘东父等，为桂湖和杨升庵纪念馆撰书了不少楹联，桂湖楹联的内容得以不断丰富。党和国家领导人朱德、周恩来、陈毅、董必武、吴玉章、李一氓等先后前来桂湖视察。

1980年，杨升庵纪念馆与桂湖经过重新核实，定名为杨升庵祠及桂湖，被损毁的楹联匾额及杨升庵塑像得以重新恢复。1996年，杨升庵祠及桂湖由国务院公布为全国重点文物保护单位。军政界和文艺界名人魏传统、张爱萍、李铎、程千帆、李金彝、钟树梁、徐无闻、沈鹏、罗哲文以及当代众多的楹联家和书法家，又为杨升庵祠及桂湖撰写了新的匾额楹联。2007年，桂湖和宝光寺作为文化旅游区整体，被公布为全国AAAA级旅游景区。

桂湖一直为文人笔下的吟咏对象，除留存于桂湖的楹联佳作外，尚有遗珠散见于地方文献和各类古书籍。因时代久远，桂湖内匾联时有朽坏，桂湖楹联专集急需整理，以保存和弘扬其蕴含的新都传统文化，完善地方文化结构。新都文化名人冯修齐因工作原因，与桂湖相守25载，又先后在中国楹联学会、四川省和成都市楹联学会担任要职，数年来醉心于楹联的收集。其先后编写的《桂湖古今楹联选》《桂湖古今楹联辑注》，填补了新都没有桂湖楹联专集的空白。2001年，其编著的《新都历史文化丛书——新都楹联》涵盖了桂湖、桂湖公园（今名桂湖森林广场）、杨氏祠、丽园的若干楹联，从空间上扩大了桂湖楹联的收集范围，同时颇具学术性、鉴赏性，为《桂湖楹联》一书的编写提供了重要参考。

1988年，为纪念杨升庵诞辰五百周年，四川省楹联学会和新都杨升庵研究会开展征联活动，收到全国各地楹联344副，其中获奖的57副。1997年新都杨升庵博物馆再版印行《桂湖古今楹联辑注》时，将其作为此书附录。1996年，新都五星桂花艺术节有奖征联举办，收到来自全国各地的近千个对句，评委会从中选出了165个获奖对句。2007年，桂湖荷花节海内外有奖征联大赛举办，共得海内外各地2048人的应对稿件2416份，评委会选出获奖对句、自撰联94副。同年10月，四川省楹联学会主办的《天府联苑》2007年第3期，刊载了“桂湖专辑”，包括桂湖征联、楹联鉴赏、巴蜀联人、联墨撷英四个栏目。以桂湖为主题的楹联，佳作迭出，为新都本土文化传承和发展注入新的时代内涵。

桂湖胜迹：楹联灿古今

桂湖，从溯源于唐代的南亭，历经1300余年，从得名于明代的杨升庵，也有500年了。今日的桂湖，基本保持了180多年前的建筑布局。现在，桂湖总面积为5万平方米，湖面占2万平方米，湖畔共有桂树1000余株。其园林建筑，古朴典雅，精巧玲珑，以雄峙湖心的升庵祠为主体，另有园林建筑20余座。这些建筑上，大都悬挂着意境深远的古今匾额和楹联，在红莲丹桂、古木幽篁的掩映下，与桂湖园林景观融为一体，充满诗情画意。

新都桂湖，从清道光十九年（1839）到1949年中华人民共和国成立，再到中华人民共和国成立50周年乃至新世纪，在长达百年间，国内著名学者、文人等留下了众多的匾额楹联，成为中华民族、天府之国和新都桂湖的珍贵文化遗产之一。

本书定名《桂湖楹联》，所指桂湖为广义的桂湖，即包括杨升庵祠及桂湖、桂湖森林广场、状元坊、杨慎家族墓、杨氏宗祠等。所指楹联，包括与楹联相配的匾额。桂湖楹联文化，地域广泛，在这5处均各具特色。自1963年郭沫若榜书“升庵桂湖”匾额和“桂蕊飘香，美哉乐土；湖光增色，换了人间”的楹联之后，国内政界名人楚图南、杨超，文史界名人周虚白、黄稚荃、张绍诚，书法界名人刘奇晋、蒲宏湘、钱来忠等，都留下了大量的楹联匾额。

桂湖楹联的收集整理工作，十分繁琐，多有难度。2023年6月，《桂湖楹联》一书终于完稿，作为《桂湖诗词》的姊妹篇，由成都市新都区地方志编纂委员会办公室策划正式出版。

《桂湖楹联》编委会

2023年6月

目 录

杨升庵祠及桂湖

杨升庵祠及桂湖待补楹联

杨升庵祠及桂湖楹联搜遗

桂湖森林广场

状元街状元坊

杨慎家族墓（状元坟）

升庵村杨氏宗祠

桂湖征联

杨慎楹联考述

杨升庵祠及桂湖

杨升庵祠及桂湖

桂湖在四川省历史文化名城新都的西南隅，是一处风光秀丽的古代人工湖。明正德、嘉靖年间，著名学者和文学家杨升庵在这里遍栽桂树，兴建园林，与黄峨乐度新婚，与友人游玩唱和，并写下名篇《桂湖曲》。清嘉庆后，一度荒圮的桂湖园林逐步得到恢复。道光十九年（1839），新都知县张奉书，博采各地园林之长重建桂湖，使之跻入“蜀中名园”的前列。

清末民初，桂湖曾经修葺，1927年改为桂湖公园。中华人民共和国成立后，桂湖公园又扩大面积2万平方米，新辟桂林，添建楼亭，复称桂湖。1959年，在桂湖建立杨升庵纪念馆。1961年，四川省人民委员会公布“杨升庵纪念馆与桂湖”为四川省文物保护单位。1980年重新核实公布，定名为杨升庵祠及桂湖。1996年，杨升庵祠及桂湖被列为全国重点文物保护单位。

今日的桂湖园林，基本保持了180多年前的建筑布局。桂湖总面积为5万平方米，湖面占2万平方米，湖畔共有桂树1000余株。其园林建筑，以雄峙湖心的升庵祠为主体，另有楼、台、亭、阁、桥、榭、轩、廊、舫居、堂庑等20余座。它们古朴典雅，精巧玲珑，在红莲丹桂、古木幽篁和湖光水色的掩映下，更加妩媚多姿，使整个桂湖平添秀色，充满诗情画意。

桂湖自清道光十九年（1839）重建以来，升庵祠及楼台亭榭即悬挂有匾额楹联。现存最早的匾额有张奉书所书“一半勾留”，楹联有周罔颐所书升庵书屋联、黄云鹄所书升庵祠大花厅联。其余楹联皆为中华人民共和国成立至2005年前补书或新撰书。杨升庵祠及桂湖，现在共刻挂楹联36副。

桂湖大门（四副）

一

桂蕊飘香，美哉乐土；
湖光增色，换了人间。

郭沫若撰书

【 解题 】

桂湖大门为单檐歇山顶仿古建筑，重修于1959年。桂湖因明代著名学者杨升庵曾沿湖遍栽桂树，所以又叫升庵桂湖。1963年中秋之夜，郭沫若欣然命笔，为桂湖大门作了“升庵桂湖”四字榜书和这副楹联，随即被刻为匾额、楹联悬挂。20世纪80年代后，文物管理所又将郭沫若题桂湖大门联上、下联的第一个字“桂”和“湖”，组成“桂湖”，刻成匾额，替换了“升庵桂湖”匾额。

桂湖大门楹联语寓情于景，托物抒怀，表达了郭老对四川故乡山川名胜的由衷赞美，对中华人民共和国的热情歌颂。

这种“4-4”句式的8字联，郭老在其他名胜地留下不少，但此联更富特色：它平白如话，流畅自然，不

升庵桂湖
郭沫若

用生僻典故，不留雕琢痕迹，对仗工整，音韵铿锵，意境深远。他还巧妙运用联格中的“鹤顶格”，把“桂湖”二字妥帖地嵌进上下联的开头。郭沫若又是我国著名的书法家，其书法笔力遒劲，形神兼备，为书法界和广大游人所称道。这副楹联显示了郭老博大精深的文学素养和才华，为古色古香的桂湖增添了文化气氛。

【 注释 】

乐土：安乐的地方。语出《诗·魏风·硕鼠》：“逝将去女，适彼乐土。”

【 讲解 】

上联：在丹桂、金桂、银桂相继绽蕊飘香的时节，桂湖这处安乐的地方多美呀！

下联：桂湖不断增添秀色，是由于中华人民共和国成立后，人民当家作主，社会欣欣向荣。

【 作者简介 】

郭沫若（1892—1978）：原名开贞，字鼎堂，四川乐山人。当代杰出的文学家、史学家、古文字学家和书法家。1926年参加北伐，1927年参加南昌起义，1928年流亡日本，1937年回国从事抗日救亡运动。中华人民共和国成立后，历任中国文联主席、中国科学院院长兼任中国科学技术大学校长、全国人大常委会副委员长等职。主编有《中国史稿》和《甲骨文合集》，全部作品编成《郭沫若全集》38卷。

二

风月无边，北望秦川八百里；

江山如画，古称天府第一湖。

赖福连撰　闵虚谷书　沈鹏补书

【解题】

此联作于1962年，其气势磅礴，与邛崃市川南第一桥联“风月无边，长安北望三千里；江山如画，天府南来第一州”相仿佛。闵虚谷书联已毁，沈鹏补书于1994年。

【注释】

风月：清风明月，指美好的景色。

秦川：泛指今陕西、甘肃秦岭以北的平原地带。

天府：四川土地肥沃，物产丰富，向来有“天府之国”的美称。

【讲解】

上联：天府之国的风光秀美，北面直通八百里秦川。

下联：桂湖山水如画，自古就是四川最著名的园林。

【作者简介】

赖福连（1925—1992）：四川新都弥牟镇（今属成都市青白江区）人，曾任中共新都县委宣传部部长。

闵虚谷（1896—1974）：名圣怀，又名继昌，四川新都人。1917年师从寓居新都的广东顺德举人张凤篪，1924年毕业于四川省公立国学专门学校，先后在铭章中学、新都一中任语文教员，在大邑地主庄园参与陈列工作。他通晓古文书法，书法受业于颜楷，源于魏碑，遍涉诸家，为四川书法名家。

沈鹏（1931—2023）：斋名介居，江苏江阴人，著名书法家、美术评论家。曾任中国文联副主席、中国书法家协会主席、中国美术出版总社顾问、《中国书画》主编、北京大学艺术教育研究顾问、中国书画函授大学教授、《书法之友》杂志名誉主席等职。

三

莲洲竹径千年史；

桂蕊湖光景色增。

罗哲文撰书

【 解题 】

罗哲文先生自1980年以来，多次到新都桂湖和宝光寺指导工作。此联为他撰书于2005年农历乙酉年初冬。联语追溯了桂湖的前身新都南亭，描绘了桂湖的悠久历史和瑰丽景色。

【 注释 】

莲洲竹径：唐代诗人张说《新都南亭送别郭元振卢崇道》诗云：“竹径女萝蹊，莲洲文石堤。”

【 讲解 】

上联：桂湖的历史，可联想到一千多年前的唐代南亭。如今莲洲、竹径犹在目，正是当时的风貌。

下联：今日的桂湖，正如郭沫若题桂湖大门联所云“桂蕊飘香”“湖光增色”，风景色彩焕然一新。

【 作者简介 】

罗哲文（1924—2012）：四川宜宾人，1940年考入中国营造学社，师从著名古建筑学家梁思成。中华人民共和国成立后，曾任国家文物局古建筑专家组组长、中国文物学会会长、全国历史文化名城保护专家委员会副主任、中国长城学会副会长等。主要著作有《中国古塔》《中国古代建筑简史》《长城史话》和《中国帝王陵》等。

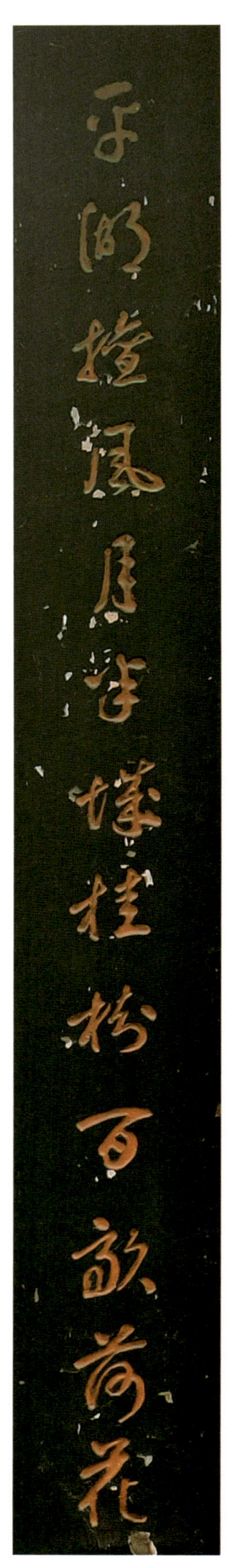

四

胜地毓英贤，一代文章，千秋功业；

平湖擅风月，半城桂树，百亩荷花。

清·余源煜撰　廖凤轩书

【解题】

此联石刻于大门屏风，联语高度评价了明代蜀中著名学者杨升庵的功绩，热情赞美了升庵故居——新都桂湖的旖旎风光。

【讲解】

上联：美丽富饶的天府之国孕育了才德兼备的杨升庵，他著述之富，明代推第一，为后世留下了丰富的文化遗产。

下联：宁静的桂湖以景色秀丽著称于世，而最富特色的，则是湖畔遍栽城墙上下的桂树和湖上一望无际的荷花。

【作者简介】

余源煜：字耀廷，浙江人，清光绪二十二年（1896）十二月至次年十月任新都县知县。

廖凤轩：清末四川新都人，书法家，尤擅长行草书。

交加亭

夫唯大雅名千古；

所谓伊人水一方。

清·李海帆撰书　闵虚谷补书

【解题】

交加亭建于湖中小岛之上。清道光十九年（1839），这里建有一座高台，为邑中士大夫“月夕吟眺处”。清宣统元年（1909），废台建亭，俗称水心亭，原有匾曰“看花多上水心亭”。这是两座毗连的八角亭，一亭依岸，一亭跨水，高低错落，结构奇巧，为桂湖最有特色的建筑。它象征着杨升庵与夫人黄峨的忠贞爱情。

此联李海帆撰书于清道光十九年（1839），闵虚谷补书于1959年。

【注释】

夫唯大雅：《汉书·景十三王传赞》：“夫唯大雅，卓尔不群。”大雅，也指大才、高才、具有“大雅”之才的人。

所谓伊人：《诗经·秦风·蒹葭》：“所谓伊人，在水一方。”伊人，那个人，这里指黄峨。

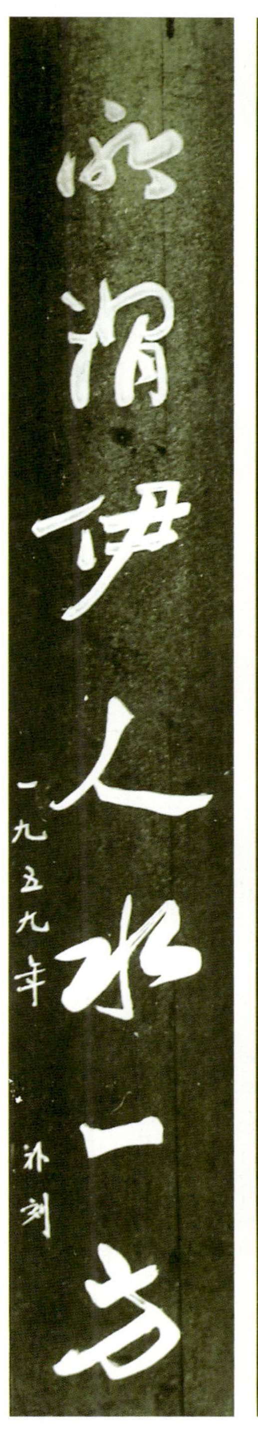

【讲解】

上联：杨升庵这位明代大才子的美名流传千古。

下联：黄峨这位才女和她充军的丈夫杨升庵远隔万水千山。

【作者简介】

李海帆（1765—1840）：名宗传，字孝曾，安徽桐城人。清嘉庆三年（1798）举人，历任浙江丽水、平湖、瑞安、建德、平阳等知县，上虞知府，浙江督粮道，湖南永州知府，四川成绵龙茂道，山东按察，湖北布政使。著有《寄鸿堂诗文集》16卷、《寄鸿堂外集》6卷。

闵虚谷：见本书第6页作者简介。

杨柳楼台

浮云江汉愁心结；
肠断关山明月楼。

集杨升庵句　罗阳书

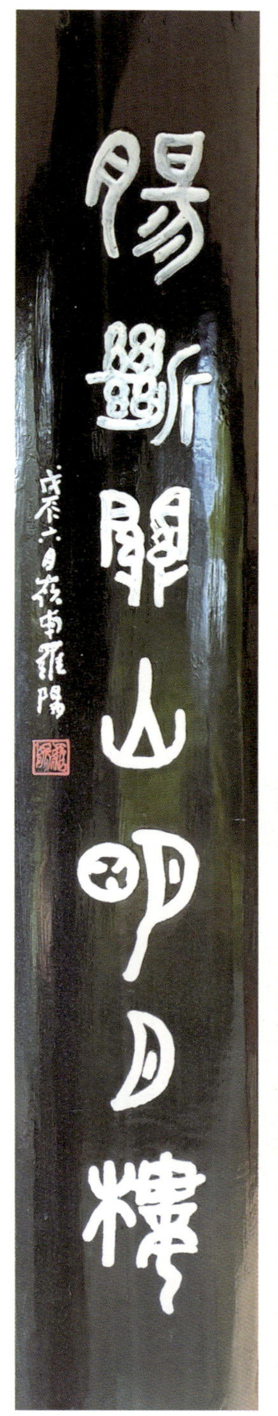

【解题】

杨柳楼台在桂湖西岸，但见杨柳婀娜，高楼突兀，因古人有折柳送别的习俗，故寄升庵、黄峨几经离别之意，而名曰杨柳楼。杨柳楼初建于清咸丰十年（1860），重建于1981年，为卷棚屋顶，飞檐翘角，雕刻精美。登楼远眺，使人顿起怀乡之感。

此联集杨升庵诗句，上联集自杨升庵七言律诗《病中秋怀八首》其八的颈联“浮云江汉愁心结，新月关山涕泪多”的首句，下联集自杨升庵乐府歌行《垂柳篇》尾联“肠断关山明月楼，一声横笛清霜坂”的首句。联语表达了登楼者对故乡和亲人的怀念之情。

此联为罗阳 1988 年 7 月参加在新都举办的四川、广东八市区县政协书画联展期间所书。

【 注释 】

浮云江汉：形容流放远地不得归里的心情。典出汉代苏武《别李陵诗》：“俯观江汉流，仰视浮云翔。”

肠断关山：肠断，喻非常悲痛。关山，指乐府横吹曲《关山月》。《关山月》表达了征夫与思妇的思念之情。正合升庵、黄峨远隔关山、不得相见之意。

【 讲解 】

上联：登楼远望，忧愁的心情像浮在江汉流域上空的烟云，紧紧地交织在一起。

下联：明月当空，登楼远望，想起重重关山阻隔的亲人，真使人肝肠寸断啊！

【 作者简介 】

罗阳（1921—1999）：著名书法家，尤擅篆书。曾任广东省东莞市政协常委、东莞中学校长、东莞市书法家协会会长。

小锦江

升庵造湖垂千古；

桂荷吐香飘八方。

魏传统撰书

【 解题 】

小锦江位于杨柳楼斜对面，为仿照成都锦江边的濯锦楼而建的临水阁楼，故名小锦江。循梯而上，四周有回廊相通，并设飞来椅供游人憩息和凭眺桂湖佳色。作者面对馨香的荷花、桂花和清澈的湖水，发思古之幽情，怀念杨升庵培植桂树于湖畔的功绩，赞美桂湖荷花、桂花的浓郁芬芳。

此联作于1982年。1983年北京出版社出版的《古今名胜对联选注》一书中，此联改为“桂香飘十里，诗韵遗千秋”。其意境、对仗和平仄更佳，可见魏传统将军的治学精神。

【 作者简介 】

魏传统（1908—1996）：四川达县（今四川省达州市通川区）人。中国人民解放军少将，当代享有盛誉的“红军书法家”“将军诗人”。1933年参加中国工农红军。中华人民共和国成立后，历任中国人民解放军原总政治部秘书长兼宣传部副部长、解放军政治学院政治部副主任、解放军艺术学院院长，1984年任中国楹联学会首任会长。著有《追思集》《江淮敌后烽火》《魏传统书法作品选集》等。

桂林（二副）

一

自觉金风爽仙御；

谁将玉雪洒人寰。

录杨升庵句　李焕民书

【 解题 】

杨升庵时代的桂林早已不存。现在的桂林位于桂湖西北角，为中华人民共和国成立后新辟。游人经圆拱门而入，时值秋天，丹桂、金桂、银桂次第开放，漫步林中，每每沉醉在浓郁的馨芬之中。

桂林

圆拱门“桂林”横额，集自杨升庵书法。

此联录自杨升庵《升庵南中续集》卷三，《谢同乡诸公寄川扇二首》律诗的颔联。给人以“金风送爽，银桂飘香”之感。

【 作者简介 】

李焕民（1930—2016）：北京人，著名版画家，一级美术师。1947年入国立北平艺专，1951年毕业于中央美院。历任《新华日报》美术编辑，四川省文联党组书记，中国美术家协会副主席、顾问、四川省美协名誉主席。创作有《初踏黄金路》《藏族女孩》《扬青稞》《守望》等经典版画。

二

桂湖前朝事；

苑藏举世珍。

冯修齐撰　罗永嵩书

【 解题 】

2000年6月，新都文物管理所在桂湖桂苑建桂湖文物珍品陈列室，此联刻石于桂苑门侧。后来兴建新都博物馆，桂苑遂拆除。2005年，石刻联移嵌于桂湖“桂林”圆拱门后侧。联语与这里的情景也相仿佛。

【 讲解 】

上联：桂湖的桂花可以追溯到明代杨升庵植桂树、待客人之事。

下联：桂湖的园苑内，有举世闻名的园林建筑、花木和艺术珍品。

【作者简介】

冯修齐（1944—　）：号桂湖居士、繁阳斋主，四川新都人。四川省政府文史研究馆馆员，中国楹联学会顾问。曾任新都杨升庵博物馆副馆长，成都市佛教协会副会长，四川省楹联学会会长。著有《佛教礼仪》《宝光禅院》《龙藏古寺》《桂湖碑林》《宝光寺楹联详解》等书。

罗永嵩（1944—　）：号维岳，四川广汉人。中国书法家协会会员，中国楹联学会“十大书法家”之一。广汉市群众艺术馆副馆长退休，曾任四川省书法家协会名誉理事，广汉市书法家协会主席，三星堆书画院院长，四川省楹联学会副会长，出版有多部书法和楹联专著。

桂花亭（二副）

一

桂棹荷衣齐入赋；
湖光山色好为诗。

李金彝撰书

【解题】

据文献记载，桂花亭始建于明代，“系杨太史桂林中亭也”（杨升庵曾修《武宗实录》，故称太史）。五百年兴废无常，桂花亭久坏。现改建在桂湖新辟的桂林中央，为四方形，有匾曰“丛桂留人”。

【注释】

桂棹：桂木做成的划船工具，也指船。屈原《九歌·湘君》：“桂棹兮兰枻。”

荷衣：即荷叶，也指用荷叶编成的衣服。屈原《九歌·少司命》：“荷衣兮蕙带。”

【讲解】

此联说：桂湖美丽的湖光山色乃至荷叶、桂花、游船等景物，都是吟诗作赋的好题材。

【作者简介】

李金彝（1916—1994）：四川南充人，著名学者、书法家。曾任北川大学、大川学院副教授。1980年被聘为四川省文史研究馆馆员，对地方文史、古文字学和楹联有研究，曾任《文史杂志》副主编，四川省楹联学会副会长。

二

称意湖山得佳客；
赏心花鸟及芳时。

黄季刚句　程千帆书

【 解题 】

此联下署：“乙丑秋为新都桂湖公园书季刚先生句，闲堂老人程千帆时客南京。”联语出自汪辟疆《悼黄季刚先生》一文：“一日，余与先生、旭初、小石四人，共泛北湖。时正仲春，湖山倩丽，先生亟称：‘游屐所经，此为最胜。’归途忽得句云：‘称意湖山得佳客，赏心花鸟及芳时。’讽诵不置。”

程千帆书于1985年秋，借以描绘桂湖美丽称意的湖山、赏心悦目的花鸟，在桂蕊飘香的金秋时节，远道佳客在此流连忘返。读后更使人如临其境，心情舒畅。

【 作者简介 】

黄季刚（1886—1935）：名侃，晚号量守居士，湖北蕲春人，著名国学大师。清代四川按察使黄云鹄之子，出生于成都金玉街三道会馆。1905年留学日本，为章太炎门下大弟子。曾任北京大学、中央大学、金陵大学教授。著有《黄侃论学杂著》《集韵声类表》《日知录校记》等。

程千帆（1913—2000）：字伯昊，号闲堂老人，湖南宁乡人，中国著名古代文史学家、教育家，国学大师。曾执教于金陵大学、四川大学、武汉大学、南京大学。著有《校雠广义》《史通笺记》《程氏汉语文学通史》《两宋文学史》《闲堂文薮》等。

无名亭

六月荷花八月桂；

一分湖光三分幽。

佚名撰书

【解题】

此亭建于2006年，未取名，故称“无名亭”。联语书于丁亥年（2007）春，书者未署名，上联钤篆书“千草堂”印章，下联署：“丁亥年春月，书于锦江之畔。”钤二方篆书印章，字迹模糊不清。

六月荷花八月桂：指桂湖著名的特色六月荷花，八月桂花。我国一年十二月中各有名花：一月梅、二月杏、三月桃、四月牡丹、五月石榴、六月荷、七月兰、八月桂、九月菊、十月芙蓉、十一月水仙、十二月蜡梅。

一分湖光三分幽：形容桂湖景色优雅，但意思有些费解。句式当出自“一面荷花三面柳”“三分春色一分愁”等。

此联有违《联律通则》之“平仄对立”：下联不仅犯尾三平，而且7个字全是平声。这是不懂联艺者所作。

平远楼（二副）

一

锦江浪白翻歌调；

桂水花红拂舞衣。

佚名撰书

平遠樓

錦江浪白翻歌調
桂水花紅拂舞衣

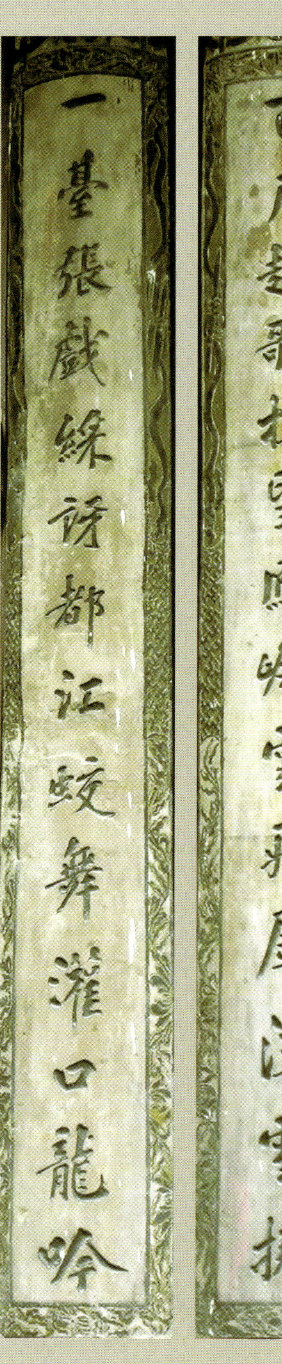
百尺起歌樓望鳳嶺雲飛犀溪雪捲
一臺張戲綵誇都江蛟舞灌口龍吟

二

百尺起歌楼，望凤岭云飞，犀溪雪卷；
一台张戏彩，讶都江蛟舞，灌口龙吟。

佚名撰书

【解题】

平远楼，宋代新都驿的园林建筑有平远轩。清道光《新都县志》卷一《古迹》：“平远轩在新都驿，宋建。刘望之有诗，今废。”据考证，桂湖是在新都驿的基础上兴建的，故将2000年在桂林之北所建的一座楼，起名为“平远楼”。平远楼建筑所用石柱，是利用原新都川主庙乐楼（戏台）拆下石柱。石柱旧联联书俱佳，故予保留。

平远楼匾额，为沈鹏2002年书。

川主庙是供奉祭祀秦代蜀郡守、兴修都江堰的李冰的祠庙。故其乐楼联语紧紧围绕流水和歌舞描写，颇有韵味。

楹联皆为楷书，未署撰书者姓名。

【注释】

凤岭：凤凰山，在今成都市新都区与金牛区接壤处。

犀溪：在今成都市郫都区犀浦镇，犀浦因此得名。

彩：彩色的绸子。

灌口：都江堰市在南宋末年为灌口寨，元初为灌州，明初为灌县，清代以后沿袭。1988年5月，灌县改为都江堰市，市政府所在地灌口镇，现名灌口街道。

桂湖挹锦门（二副）

一

一水抱城西，烟霭有无，拄杖僧归苍茫外；
群峰朝阁下，雨晴浓淡，倚栏人在画图中。

杨升庵撰书　倪宗新书

【解题】

挹锦门本来是新都的西城门。清道光《新都县志·城池》：“明正德初，知县张宽、百户汤聘莘合砌石城。城楼四门：东‘瞻云’，南‘响明’，西‘挹锦’，北‘辉光’。”挹锦门20世纪50年代拆毁，2001年在桂湖古城墙重开城门，仍名挹锦门，外通新建的桂湖广场。

【匾联概述】

桂湖古城墙城楼前面匾额“挹锦门”，集前人书法。

城楼前面匾额“新都桂湖”，集郭沫若书法。

城楼后面匾额“文献名都”，为钱来忠书。

“文献名都”，见清道光《新都县志·关塞》：“国朝嘉庆十六年，知县宫鉴桂重修城楼，颜以匾额：东‘锦城保障’，南‘瑞霭龙门’，西‘文献名都’，北‘祥凝宝藏’。”

钱来忠（1942—2022）：四川富顺人，著名书画家、楹联家。1968年毕业于四川美术学院。曾任四川省文化厅副厅长，省文联党组书记、常务副主席，省美术家协会主席，中国美术家协会理事，四川省政协常务委员、省政协书画院院长，中国楹联学会副会长，四川省楹联学会会长等。

挹锦门楹联，据考证，原联为明嘉靖十年（1531），杨升庵游蒙化（今云南大理市巍山县）时为圆觉寺撰书，木刻原联现存巍山县文化馆。原文为：

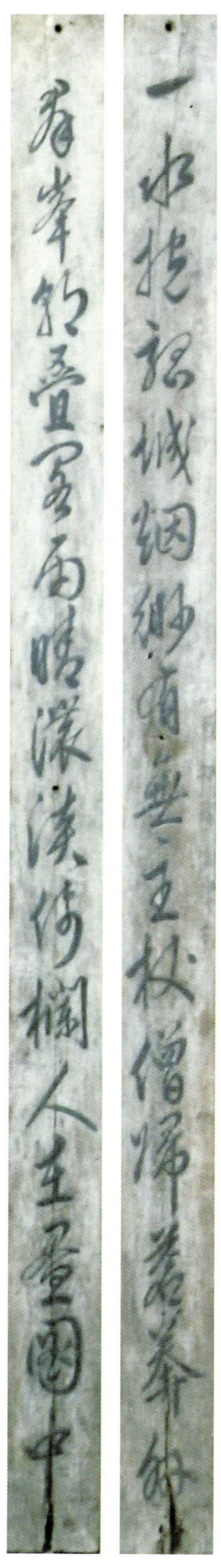

一水抱孤城，烟渺有无，主杖僧归苍莽外；
群峰朝叠阁，雨晴浓淡，倚栏人在画图中。

清康熙年间重修昆明西山华亭寺时，巍山在昆明的一位富商，根据巍山圆觉寺杨升庵联捐资刻华亭寺山门，此联载吴恭亨《对联话》卷三，影响很广。其内容将原联做了些改动：

“烟缈”改为“烟霭”，“孤城”改为“城西”，“叠阁”改为“阁下”，“主杖”改为“拄杖”，“苍莽”改为“苍茫”。原联“苍莽”对“画图”本来合符声律，改后就有违声律了。

挹锦门新建，因此处无联而由倪宗新书写昆明华亭寺联刻挂于此。联语与挹锦门环境不合，只是表达对乡贤杨升庵的崇敬与怀念罢了。

【 作者简介 】

倪宗新（1954— ）：四川新都人，曾任中共成都市新都区委宣传部部长、成都市新都区政协副主席，现为中国书法家协会会员、四川省杨慎研究会会长、四川省政府文史研究馆特约馆员。编著、编校有《杨升庵书论》《杨升庵年谱》《杨升庵诗词》《杨升庵散文》。

二

得山林清气；

为天地闲人。

清·含澈

【 解题 】

此联原委：清光绪五年（1879），新繁龙藏寺方丈含澈退隐，友人黄云鹄撰此联相赠。光绪辛巳除夕（1882年2月17日），含澈特书此联，聊表退隐后的悠然自得之趣。

联语意为：在这里可呼吸山林间的清新空气，从今后便成为天地间的闲适老人。

2005年，新都杨升庵博物馆将此馆藏墨迹刻挂于挹锦门城楼。

【作者简介】

含澈（1824—1899）：号雪堂，晚号潜西退士，四川新繁（今属成都市新都区新繁街道）人，俗名支凤岗，12岁在新繁龙藏寺披剃出家，31岁担任方丈。他在龙藏寺弘禅法、兴僧学、建碑林、印书籍，擅长诗文、楹联、书法，与黄云鹄、顾复初、王懿荣、何元普交往颇深。编著诗文集达30余种。

枕碧亭（二副）

一

香桂植经名士手；
澄湖清见逐臣心。

清·李宗传撰书　高文补书

【解题】

从沉霞榭南行，越过饮翠桥，即有一座重檐四方形楼亭，此亭初建于清道光十二年（1832），像一位巨人倚枕于翠荷碧波之上，故名枕碧亭。

此联载清蜀西云水散人选辑《天下名胜楹联·四川·桂湖》九副之一。题为《桂湖》，原文为“香树植经名士手，澄湖清见宰官心”，清李宗传撰书。原联久坏。1981年，高文先生补书时，将原文“宰官”改为“逐臣”，是为突出杨升庵，殊不知“宰官”更包括了明代杨廷和、杨升庵父子，清代谢子澄等新都名人。

【讲解】

上联：这里芳香扑鼻的桂花是由明代著名学者和文学家、新都杨升庵亲手种植的。

下联：看见澄静明澈的湖水就像清楚地看见这位被放逐官员忧国忧民的胸怀一样。

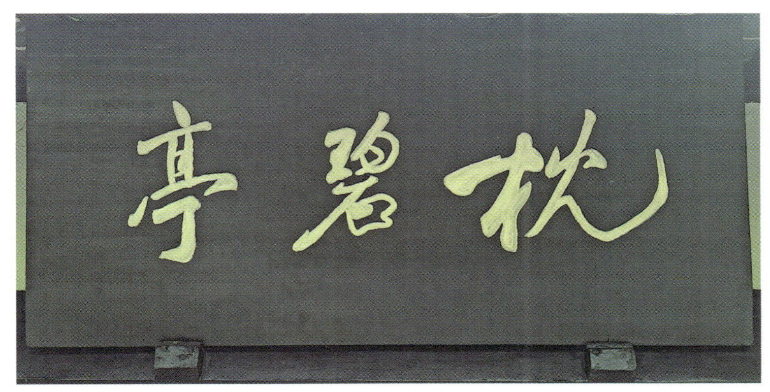

【 作者简介 】

李宗传：即李海帆。见本书第10页作者简介。

高文（1931—2023）：山西临汾人，文博研究馆员。曾任四川省文化厅文物处处长，中国汉画学会副会长，成都市书法研究会副会长。编著有《中国美术全集画像石、画像砖卷》《绵竹年画》《四川历代碑刻》《中国画像石棺艺术》等。

二

接天莲叶无穷碧；
映日荷花别样红。

录杨万里诗句　闵虚谷书

【解题】

此亭重檐复宇，玲珑剔透，隐现于四时花木之间，故古人又以篆书匾额“花界玲珑”来赞美它。现在匾额“荷桂留香”，为傅申书。

【匾额概述】

荷桂留香：新都桂湖为全国著名的荷花、桂花观赏地，夏秋沁香，故称。上款署“戊辰初夏过访桂湖”，下款署“纽约傅申书”，说明此匾额为1988年初夏，寓居纽约的傅申游览桂湖时所书。

傅申（1937—2020）：著名鉴定家、艺术史学家。1948年随父母迁居台湾，台湾师范大学美术系毕业，1968年入美国普林斯顿大学，获博士学位。曾任美国国立佛利尔美术馆中国艺术部主任。台湾大学艺术史研究所教授，台北“故宫博物院”研究员，南京大学艺术学院名誉教授等。

此联录自宋人杨万里七言绝句《晓出净慈寺送林子方》中的后两句，由闵虚谷书。

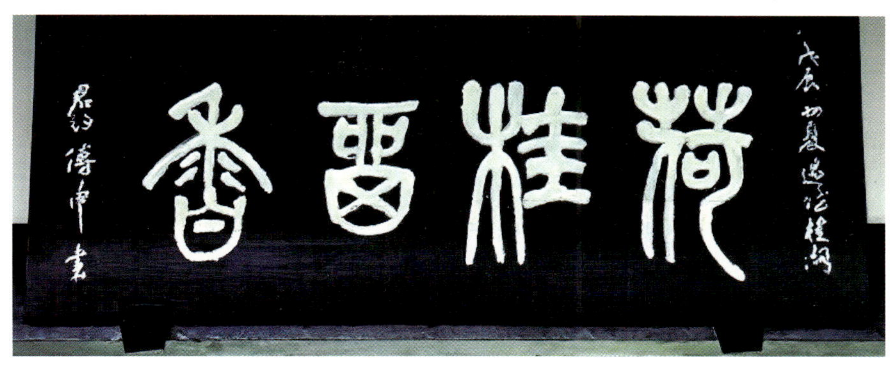

【 讲解 】

上联：湖上片片碧绿的莲叶，浮出水面，无边无际，直与天接。

下联：湖上朵朵粉红的荷花，在朝阳的映照下，红得多么别致。

【 作者简介 】

闵虚谷：见本书第6页作者简介。

湖心楼

今人远胜古人，改造湖山千载会；
独乐何如众乐，栽培花柳大家看。

邓之遴撰　刘孟伉补书

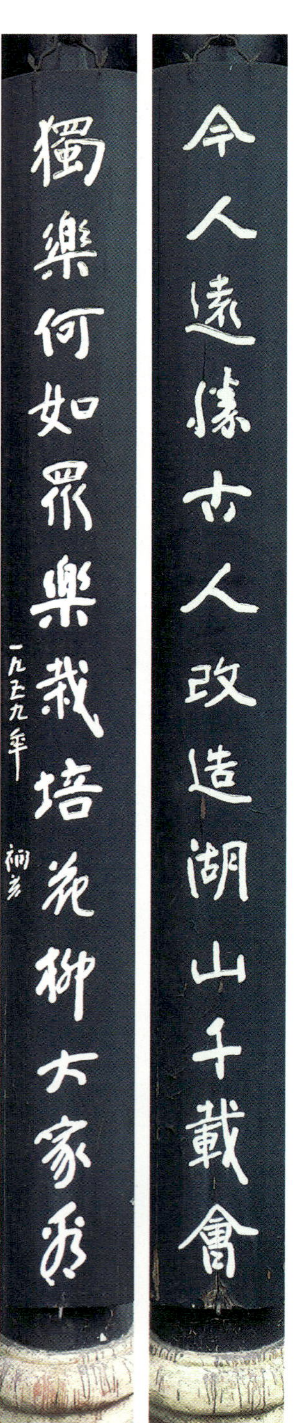

【 解题 】

湖心楼建于湖西的水中，仅有一道双孔拱桥与西岸相接。清咸丰十年（1860）在这里筑火药库，1927年改建为图书馆，1984年新建为重檐卷棚顶仿清楼阁，楼后两翼各有一座方亭。四围碧波荡漾，游艇竞渡，在桂湖景物中别具一格。现在，湖面广植荷花，成为赏荷佳处。

湖心楼匾额，由高文书。

高文：见本书第31页作者简介。

此联作于1927年，其时改桂湖为新都公园。1958年补书，1984年改挂在绿水环抱的湖心楼，真是情景交融，妥帖自然。

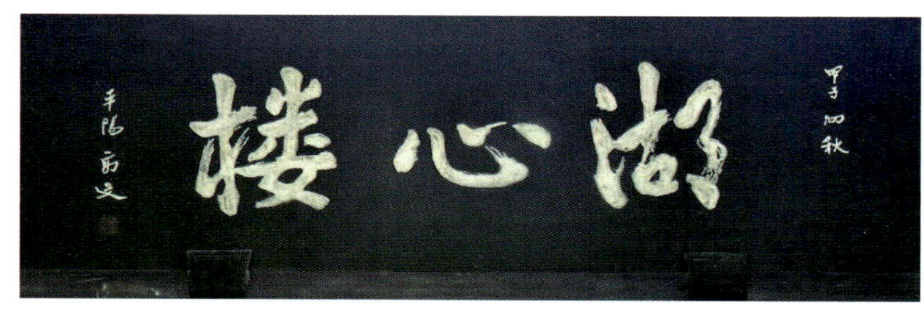

【 匾额概述 】

湖心楼可称道的是，这里有两块匾额：一是底楼檐下悬挂的吴作人书“襟风杯月之轩”，一是楼上接待室悬挂的方毅书“万壑千崖更有桂湖一水”。

襟风杯月之轩：形容郊野外宽敞闲适的轩堂。襟风，襟袖拂动清风；杯月，杯中呈现月影。语出宋代诗人无名氏的《满江红·雨过东郊》：“且襟风杯月，醉眠芳草。”

万壑千岩更有桂湖一水：意为祖国众多的山川美景，少不了新都桂湖。作者对桂湖作出了高度评价。万壑千岩：壑指山沟，岩指山岩，形容众多的山川景色。语出南朝宋刘义庆《世说新语》：“顾长康（顾恺之）从会稽还，人问山川之美。顾云：‘千岩竞秀，万壑争流，草木蒙笼其上，若云兴霞蔚。’”

时任国务院副总理的方毅同志非常关心四川的文物事业。1978年5月9日，他视察新都宝光寺，为丰富而珍贵的寺藏文物所吸引，欣然题词：“文物重地。”1980年11月30日，原新都县文物管理所致信方毅同志，并汇报新都近年的文物工作。1980年12月15日，方毅同志办公室主任张玉台回函，并附寄方毅题词“万壑千岩更有桂湖一水”。1985年将此墨迹刻成匾额悬挂。

【 注释 】

今人远胜古人：语意出自古训《增广贤文》：“长江后浪推前浪，世上今人胜古人。”

独乐何如众乐：自己高兴不如大家一起高兴。语意出自《孟子·梁惠王下》，孟子与梁惠王的对话。

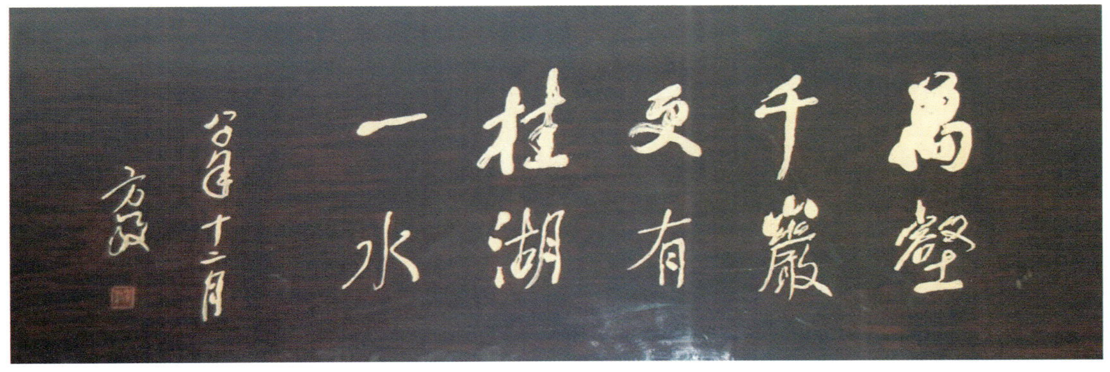

【讲解】

上联：今人远远超过古人，他们把改造桂湖山水作为一项长期工作。

下联：少数人高兴不如让多数人高兴，在这里栽花种树是为大家观赏。

【作者简介】

邓之遴：生平不详。

刘孟伉（1894—1969）：名贞健，号吃叟，四川云阳（今属重庆云阳县）人。1927年参加刘伯承领导的泸顺起义，1938年加入中国共产党，曾任川东游击纵队政委。1950年任川东行署副秘书长，1952年任四川省文史研究馆馆长。诗词、书法、篆刻皆工，著有《说文解字笺》《杜甫说解》《吃叜刻印》《刘孟伉诗词选》等。

吴作人（1908—1997）：安徽泾县人，生于江苏苏州。1927年至1930年先后就读于上海艺术大学、南国艺术学院美术系及南京中央大学艺术系，师从徐悲鸿先生，并参加南国革新运动。早年攻素描、油画，晚年专攻国画，境界开阔，寓意深远，融会中西艺术的深厚造诣。他是继徐悲鸿之后中国美术界的领军人物之一。

方毅（1916—1997）：福建厦门人。早年历任中共湖北省委民运部长、鄂东特委书记、新四军五支队政治部主任、淮南苏皖边区行政公署主任、苏皖边区政府副主席、山东省人民政府副主席等职。中华人民共和国成立后，出任福建省人民政府副主席，中共福建省委第二副书记。1961年出任国家计委副主任、外经委主任，外联部长等。后任中央政治局委员，中国科学院院长、国家科委主任、国务院副总理等。

香世界

秋色横眉，桂树丛中招隐士；

湖光照面，荷花香里坐诗人。

佚名撰书　刘蔚补书

【 解题 】

香世界为一轩堂式建筑，北临荷花簇拥的湖面，西倚桂树繁茂的城墙，初建于清道光十九年（1839）。附近桂树繁茂，有一株传为杨升庵手植的“桂花王”，20世纪50年代尚在吐香抒秀。1941年，这里又种植150株桂树，以当时四川省主席张群的字，命名为“岳军林”。每到中秋，桂花盛开，这里成了芳香的世界。

【 匾额概述 】

“香世界”匾额，草书，书者失考。

香世界轩内，原有陈月舫书“蜀中威凤”匾额，赞美杨升庵为明代四川唯一的状元。

陈月舫（1886—1968）：四川蓬安人，日本早稻田大学毕业。曾任新都、内江县知事，四川盐运使，四川省政府顾问，1953年被聘为四川省文史研究馆馆员。

此联载清蜀西云水散人选辑《天下名胜楹联·四川·桂湖》九副之一。题为《桂湖》。作者失考。又载民国初年胡君复所编的《古今联语汇选》，联前署“某君联”，佚名。胡君复：江苏武进人。生于清朝末年，民国时任职于上海商务印书馆。编辑出版了《古今联语汇选》等联书，本人撰联功力亦深。

联语描绘了桂湖在夏秋之际，湖光朗照，荷桂飘香，使隐士和诗人都陶醉在这样优美的环境中。

【注释】

横眉：怒视貌，表示憎恨和轻蔑。

隐士：通指有才能而不愿做官的人。

【讲解】

上联：桂湖秋日，金风萧瑟，天气转凉，桂树丛中正是隐士流连的好去处。

下联：桂湖炎夏，湖水如镜，照映人影，荷花香里正是诗人吟哦的好地方。

【作者简介】

刘蔚（1925—1998）：号逸翁，野叟，北京人。1947年毕业于国立北平艺术专科学校，曾任原成都军区政治部文艺创作室创作员，中国书法家协会理事。书法擅草体，其作品多次参加国内外书画作品展览。传略收入《中国现代书法界人名辞典》《当代中国书法艺术大成》等。

杭秋（二副）

一

缓酌饮长天，斟绿浮金身在画；
调琴飞远兴，挥红咏紫世逢春。

徐式文撰　丛文俊书

【 解题 】

杭秋为桂湖园林中一座船形房舍，在中国园林建筑上称为舫居。杭同航，渡也，语出《诗经·河广》：“一苇杭之。”杭秋，是说它好像一条船航行在秋日的桂湖，它停泊于藏舟山馆到问津楼之间的湖面。

此联作于1988年，书于1994年，描绘了在杭秋舫居饮酒弹琴的雅兴，歌颂了桂湖景象和时代新貌。

【 讲解 】

上联：缓斟慢酌，对长天饮酒，杯中之酒映出桂湖的绿荷和金桂之影，游客置身于美丽的画图中。

下联：调琴拨弦，抒远大抱负，此琴的声音表现了桂湖的万紫千红，也弹出了时代的新声。

【作者简介】

徐式文（1928—2002）：号洛文，斋号万石园，四川崇州人。毕业于西南师范大学中文系，曾任四川什邡县政协文史委主任，中华诗词学会会员、中国楹联学会会员、四川省楹联学会理事等。发表诗词、楹联、论文、散文逾百万字，著有《花蕊宫词笺注》等。

丛文俊（1941— ）：笔名如也，斋号两可斋、丰草堂、适有余斋，吉林市人。古文字学博士，吉林大学古籍研究所博士研究生导师，中国书法家协会理事、学术委员会委员，吉林省书法家协会副主席。他在书法创作上，能做到入古出新。著有《中国书法全集·商周金文卷》《中国书法全集·春秋战国金文卷》《丛文俊书法研究文集》等。

二

呼吸湖光餐桂露；

徘徊秋月漱荷香。

刘东父撰书

【解题】

此联作于1962年，以拟人手法，表现了桂湖诗一般的意境。

【匾额概述】

舫居前有楷书“杭秋”匾额，舫居后有撰书“四时花月”匾额，书者皆失考。

四时花月：意为一年四季景色

美好。语出宋刘弇《冬日呈郭明远二首》:“四时花月搜吟内，万里江山险阻中。”清沈岳堂题射洪禹王宫乐楼联：“四时花月寒暄里，一片湖山锦绣中。”四时，指一年四季，又指一日的朝、昼、夕、夜。花月，花和月，泛指美好的景色。

【 讲解 】

上联：早晨，这条船呼吸着湖面的清新空气，啜饮着桂树的甘美露珠。

下联：晚间，这条船徘徊在秋夜的月光下，沐浴于荷叶的清香之中。

【 作者简介 】

刘东父（1902—1980）：名恒壁，号旷翁、乐无居士，四川双流人，著名诗书画家。曾祖刘沅为著名经学家，祖父刘桂文为晚清进士，伯父刘咸荥、叔父刘咸炘皆为著名学者。刘东父青年时入刘湘幕府，后出任《济川公报》总编辑、川康通讯社社长、《国难三日刊》期刊社社长、川康绥靖公署秘书处长、民事处长等。1954年被聘为四川省文史研究馆馆员，长期从事文史资料的收集整理和诗书画创作，著有《旷翁诗钞》《旷翁书画》等。

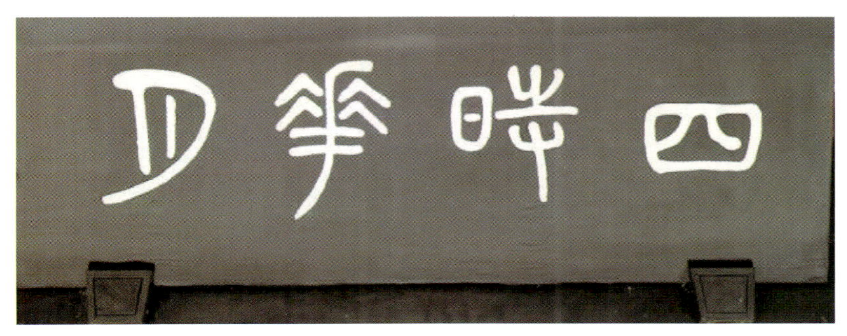

坠月楼

已托心弦拴坠月；
可期银汉挽流星。

余安中撰书

【解题】

坠月楼建于1912年，它耸立城头，独树高标，与问津楼相呼应。每当月夜，登楼纵目，可见皓月东升西坠，故名坠月楼。又因它三面凌空，檐牙高啄，好像蜗牛伸出头和触角一样，也叫“蜗角”。

此联撰书于1993年，作者以浪漫主义创作手法和丰富的想象力，充分表达了登楼的壮美情怀。

【讲解】

此联说：我站在这座高楼上，已托付那激动的心，像绳弦一样拴住明月不坠；还盼望能够手伸银河，挽回即将飞去的流星。

【作者简介】

余安中（1928—2017）：名愚鲁，四川泸州人。原泸州市博物馆副馆长，副研究馆员。曾任中华诗词学会会员、中国楹联学会会员，四川省书法家协会理事、四川省楹联学会理事，泸州市诗书画院副院长、泸州市书法协会主席等，著有诗词楹联集《未是集》。

聆香阁

翡翠闲居眠藕叶；

冷露无声湿桂花。

集句　周浩然书

【解题】

聆香阁位于桂湖之东。聆，和听同义，但有细微区别，聆是侧耳细听的意思。苏轼《石钟山记》：“扣而聆之。”阁名聆香，形容这里静谧清爽，那随风飘荡的香气，人们不仅可以嗅到，而且隐约还能听见。

此联为集句联，书于1993年，描绘了聆香阁初秋傍晚的景色。上联集自宋俞紫芝《水村闲望》七律诗颔联“翡翠闲居眠藕叶，鹭鸶别业在芦花”的首句，下联集自唐王建《十五夜望月寄杜郎中》七绝诗首联“中庭地白树栖鸦，冷露无声湿桂花”的尾句。

【匾额概述】

“聆香阁”匾额，上款署“己卯年冬月”，下款署“李希绪书”。

李希绪（1932—2010）：重庆市大足人，原新都县政协副秘书长，中国书法家协会会员，成都市书法家协会理事，原成都市新都县诗书画研究会理事长。

【注释】

翡翠：鸟名，嘴长而直，有蓝色和绿色的羽毛，喜吃鱼虾。

藕叶：荷又名藕，故荷叶又名藕叶。

【作者简介】

周浩然（1929—2009）：重庆市江津区人，当代著名书法家，原四川大学学报副主编，书法教授，四川省政府文史研究馆馆员，曾任四川省书学学会副会长，成都翰林中国书画艺术学院副院长，四川省教育学会书法教育专业委员会理事长，四川省楹联学会顾问。其书法擅长“黄山谷体”楷书。

亭亭

文章迴出珊瑚树；
笔力远追王孟端。

集杨升庵句　刘东父书

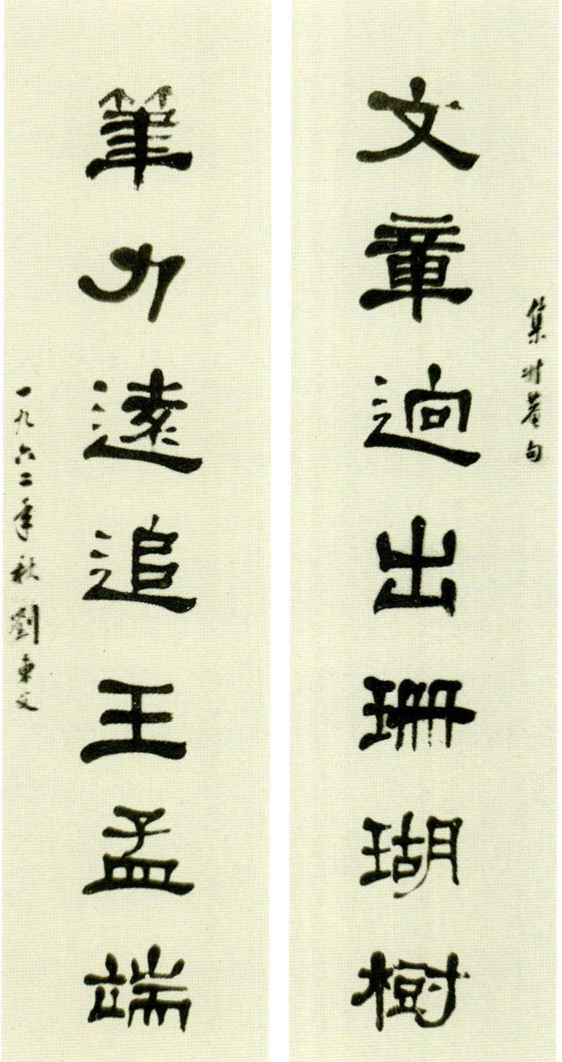

【解题】

亭亭，在升庵祠后左侧，是一座建于水上的草亭。亭亭，取莲叶亭亭之意。此亭为推翻清朝帝制后的1913年建成，重檐，下为八角形，上为四方形，朴素淡雅，美观大方，迭经维修，仍用草盖，具有鲜明的川西地方特色。

【匾额概述】

“亭亭”匾额，匾额后的跋语云：“莲叶亭亭，出淤独立，当今国土，其必如是耶！因名此亭，自勉、勉人。民国二年癸丑中夏，高培德并识。”

高培德：字润之，越嶲（今四川省凉山彝族自治州越西县）人。1912年四月任新都县知事，1913年仲夏题此匾额。

此联书于1962年秋。上联集自杨升庵七言古诗《提学陈西渔品士亭歌》的第十一句“文章迴出珊瑚枝”，因“枝”为平声，不合对联要求，故改为“树”字。下联集自杨升庵七言古诗《题夏仲昭竹寄陶良伯》的第四句“笔法远追王孟端”，书写时改“笔法”为“笔力”。

王孟端（1362—1416）：名绂，江苏无锡人，明永乐间以善书法供职文渊阁，拜中书舍人。集此二句，以赞美杨升庵的文章和书法。

【 作者简介 】

刘东父：见本书第41页作者简介。

桂湖回廊（二副）

一

湖上游人归去晚；

桂堂初月夜来明。

刘孟伉集句并书

【解题】

桂湖回廊，北接紫藤廊，西通升庵祠，南绕黄峨馆，东达桂湖碑林，曲折回环，广连四处。

上联集自唐白居易《春游湖上》诗题之“湖上”，宋陈宗道《寒窗听雪》诗“游人归去晚，车马闹红尘”之“游人归去晚”，二者组合成句。下联集自清魏秀仁《花月痕》中的诗句：“晓烟窗外湿，桂堂初月夜来明。”此集句为联，对仗工稳，平仄协律，切合桂湖景色特点。

【 匾额概述 】

“天然画图胜西湖”匾额，隶书，书者失考。

天然画图胜西湖，摘自杨升庵诗《自江川之澄江赠王钝庵廷表，并柬董西泉云汉三首》之二：“澄江色似碧醍醐，万顷烟波际绿芜。只少楼台相掩映，天然图画胜西湖。”此诗本是对云南澄江县抚仙湖美景的描绘，用在新都桂湖亦很妥当。

此为集句联，上联集自宋佚名《松下赏月图》诗：“湖上游人归去晚，天心朗月故园情。”下联集自清魏秀仁的小说《花月痕》第三回诗句：“苔径晓烟窗外湿，桂堂初月夜来明。”

此联意为：桂湖景色佳美，游人流连忘返；夜间新月朗照，殿堂特别明亮。

【 作者简介 】

刘孟伉：见本书第36页作者简介。

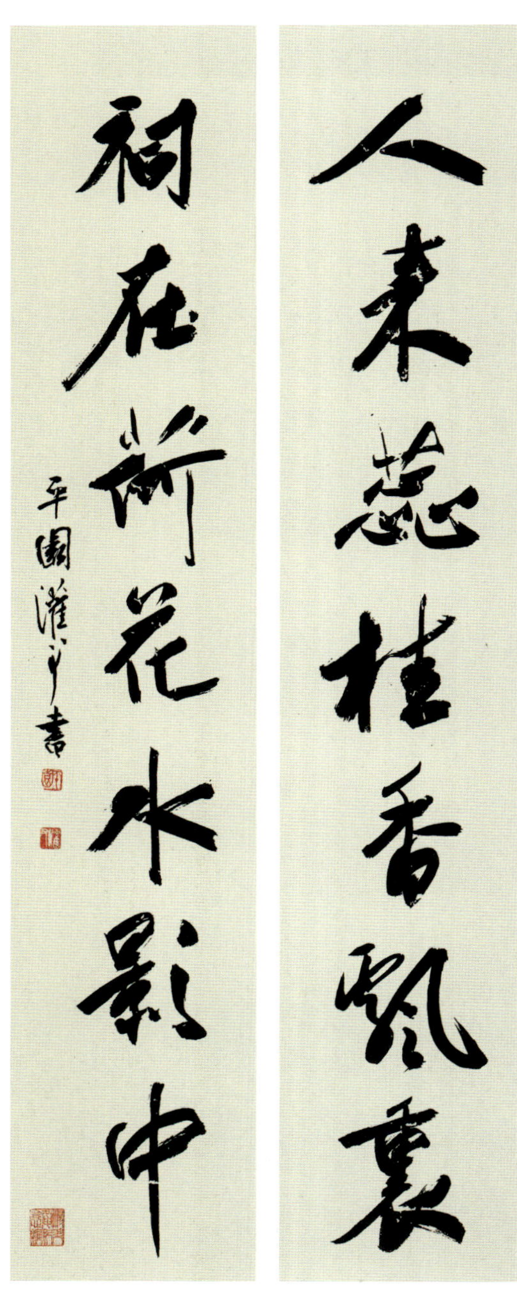

二

人来桂蕊香飘里；

祠在荷花水影中。

冯灌父撰书

【解题】

此联作于1962年，描写了桂蕊飘香时的来往游人，赞美了荷花水影中的升庵祠堂，属对工稳，笔法简练，贴切自然。

【作者简介】

冯灌父（1883—1969）：名驤，别号平园，四川广汉人，著名书画家，1913年考入北洋陆军讲武堂，1952年任四川省文史研究馆馆员，曾任四川省人民代表大会代表。

杨升庵祠（六副）

一

老桂影婆娑，记集中诗句清新，在昔烟波曾送客；
平湖光潋滟，看岸上楼台点缀，至今风月尚含情。

佚名撰　刘孟伉补书

【解题】

清道光十九年（1839），新都知县张奉书在桂湖建升庵祠，单檐悬山顶木结构建筑，共占地442平方米。升庵祠由4部分组成：前为升庵殿，后为会心堂（大花厅），左为藏舟山馆，右为澄心水阁。

【匾额概述】

升庵祠现有3块匾额：升庵殿前的“升庵祠”匾额，殿中的“蜀中威凤”匾额，会心堂（大花厅）的“一半勾留”匾额。

“升庵祠”匾额，1959年7月由刘孟伉书写。

“蜀中威凤”匾额，由洪志存书写。

洪志存（1917—2001）：别号浩园，四川成都人。成都国学院肄业，曾任四川省警察局秘书长，1984年聘为四川省文史研究馆馆员。著名书法家，曾任巴蜀诗书画研究会常务理事、益州书画院院长、成都丙戌书画研究会顾问。

“一半勾留”匾额，由张奉书书写。

清道光十九年（1839），新都知县张奉书重修桂湖。他博采各地园林之长，以杭州西湖、绍兴鉴湖为蓝本，振兴桂湖园林，并在园林中建升庵祠。祠后为会心堂，堂檐下悬挂他亲手写的“一半勾留”匾额。匾长2.6 米，宽0.8 米，木质，赭红漆底白字，字径0.5米，隶书。上款为“道光己亥”，即道光十九年（1839）。下款为“毗陵张奉书”，毗陵：古地名。本春秋时吴季札封地延陵邑，后成为常州及附近地区的古称。下有朱文篆体印章两方，一为“臣张奉书”一为“口口”。“一半勾留”匾，笔力雄健，遒劲有力，具有汉隶风格。1992年，此匾被载入《中华名匾》。

“一半勾留”，摘自唐代诗人白居易《春题湖上》：“湖上春来似画图，乱峰围绕水平铺。松排山面千重翠，月点波心一颗珠。碧毯线头抽早稻，青罗裙带展新蒲。未能抛得杭州去，一半勾留是此湖。”白居易做杭州刺史时，培修西湖，卓有政绩，利益于民。此诗最后两句说未能离开这个地方，其中流连的重要原因，就是因为有这个西湖。张奉书借用西湖来赞美桂湖，表达对西蜀名园桂湖的眷恋之情。

张奉书：字宜亭，江苏阳湖（今常州市武进区）人。清道光十六年至二十五年（1836—1845）任新都知县。居官勤能多实政，兴平粜，抚孤贫，重修学宫，振兴书院，文教日新。培修桂湖，凡台榭、亭宇、花木、竹石，靡不经其匠心独运，自是闻于蜀中。他培护新都古迹，弘扬升庵学术，其功甚伟，为清以来最著名的新都知县。朱自清游桂湖诗有“遗爱犹传张奉书”句。

此联载清蜀西云水散人选辑《天下名胜楹联·四川·桂湖》九副之一。题为《桂湖》。作者失考，刘孟伉补书。此联补刻于1959年，挂于升庵殿前廊柱上。

【注释】

婆娑：舞姿盘旋的样子。

集中诗句：指《升庵全集》中的《桂湖曲送胡孝思》诗。

潋滟（liàn yàn）：形容水波荡漾的样子。南朝·梁·何逊《行经范仆射故宅》诗：“潋滟故池水，苍茫落日晖。”

风月尚含情：《桂湖曲送胡孝思》诗中有“风月重含情”之句。

【讲解】

上联：老桂树的影子婆娑起舞，使我记起了《升庵全集》中的清新诗句，就在这水波浩渺的桂湖上，过去曾经为客人饯别送行。

下联：请看平静的湖面上闪动着波光，湖岸上点缀着楼台，这些古来就有的美好景物，至今还对人脉脉含情哩！

【作者简介】

刘孟伉：见本书第36页作者简介。

二

烟波送客，风月含情，沧桑变，屡易规模，故址遗基，尚存太史千秋迹；

桂树留人，荷花招我，鞍马闲，流连光景，先忧后乐，惭愧希文一片心。

陈习删撰书　姚石倩补书

【解题】

此联为1927年陈习删撰书，1959年由姚石倩补书，挂于升庵殿前檐柱上。

【注释】

太史：杨升庵授官翰林院修撰，曾修《武宗实录》，故称杨太史。

希文：北宋政治家、文学家。范仲淹，字希文，他的名篇《岳阳楼记》中有“先天下之忧而忧，后天下之乐而乐”之语。

【讲解】

上联：过去，杨升庵送别友人时，桂湖人波浩渺，风月含情，经过历史变迁，时兴时废，这里依旧是古桂湖的基础，仍保留着杨太史流传不朽的业绩。

下联：桂湖的桂树使人留恋，荷花把我吸引，正好军政务闲暇，我流连着湖上的风光景色，想起范希文“先天下之忧而忧，后天下之乐而乐”的崇高品格，我真感到惭愧啊！

【作者简介】

陈习删（1891—1960）：名泽，字孝恩，四川大足人。成都资属联中毕业，1927年1月任新都县知事，后任广汉县长，成都市政府秘书，大足县参

议长等。1953年被聘为四川省文史研究馆馆员。主纂有民国《新都县志》《大足县志》，著有《辛亥年的大足同志军》《大足石刻志略》等。

姚石倩（1827—1962）：字宜孔，号渴斋，又号舍翁，安徽桐城人。清末秀才，工诗文，擅书法、精篆刻，齐白石弟子。曾任国民党28军秘书、四川省北川县知事。1953年被聘为四川省文史研究馆馆员。

三

老桂离披，六诏荒烟怆往事；

平湖潋滟，一泓秋水想伊人。

清·毛文渊撰　清·黄纪云书

撰联者毛文渊，曾偕友人黄纪云来游桂湖。此联乃黄纪云以小篆书之。1959年，刘孟伉仍以小篆补书，木刻贴金，挂于升庵殿杨升庵塑像两旁。殿内原有祀木雕彩绘的杨升庵官服坐像后被毁损。殿中还有杨升庵祖杨春，父杨廷和，叔杨廷仪，弟杨惇、杨恂，子杨有仁画像。

此联结构工巧，以“叶底格”嵌“桂湖”二

字。联语触景生情，情景交融，由近及远，气氛浓郁。上联言事，看见桂湖离披的老桂而想起六诏荒烟中凄怆的往事；下联怀人，看见波光潋滟的平湖而怀念一泓秋水中杨升庵刚直不阿的身影。

【注释】

离披：分散貌，出自《楚辞·九辩》："白露既下百草兮，奄离披此梧楸。"

六诏：唐代西南夷中乌蛮六个大部落的总称。六诏为蒙嶲诏、越析诏、浪穹诏、邆赕诏、施浪诏、蒙舍诏。其地在今云南，故亦代指云南。黄峨有"六诏风烟君断肠"句。

潋滟：形容水波波动。

伊人：那个人，指杨升庵。

【讲解】

上联：杨升庵在桂湖畔栽种的桂树，历时四百余年，已经衰老稀落，所剩不多了。想起他被充军到荒凉的云南少数民族地区的往事，更使人感到义愤和悲伤。

下联：桂湖广阔的湖面水波荡漾，望着一遍清澈澄洁的秋水，不由得想起了忠直清正、肝胆照人的桂湖主人杨升庵。

由于此联言辞感人，影响深广，后来题升庵祠的楹联多有仿此句式和语意发挥而成者。例如刘孟伉补书升庵祠前廊柱联：

老桂影婆娑，记集中诗句清新，在昔烟波曾送客；

平湖光潋滟，看岸上楼台点缀，至今风月尚含情。

联中"老桂影婆娑"，脱胎于"老桂离披"；"平湖光潋滟"，脱胎于"平湖潋滟"。

又如姚石倩补书升庵祠前檐柱联：

烟波送客，风月含情，沧桑变，屡易规模，故址遗基，尚存太史千秋迹；

桂树留人，荷花招我，鞍马闲，流连光景，先忧后乐，惭愧希文一片心。

联中"烟波送客"，脱胎于"在昔烟波曾送客"；"风月含情"，脱胎于"至今风月尚含情"。

【作者简介】

毛文渊：履历不详，新都县知县毛文彬的弟兄。1929年《新都县志·职官·知县》载："毛文彬，字质臣，于清光绪二十一年（1895）任。"

黄纪云：字子詹，别号石樵道人，四川简阳人，清代增生。擅长诗书画，篆隶出入汉魏，苍劲绝俗。著有《覆瓿诗文存》。

四

香城原蜀国故都，胜迹留芳，数千里外招游客；
宝地有升庵祠馆，名园增色，五百年来寿戍仙。

谢楷庭撰　周邦彦书

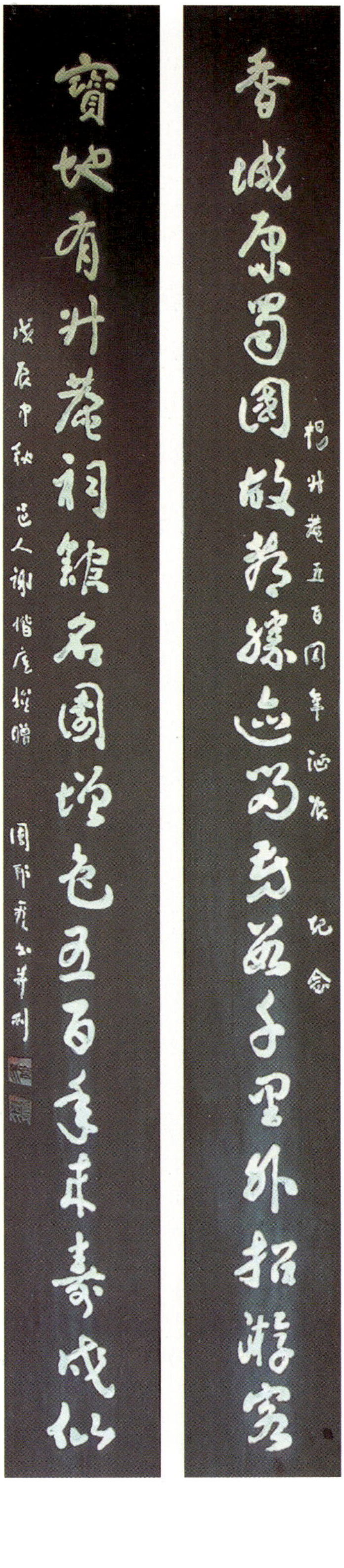

【解题】

此联挂于升庵祠右侧的澄心水阁，濒临湖面，现为“杨升庵生平陈列”。联语作者谢楷庭1988年获纪念杨升庵诞辰五百周年征联二等奖，1989年由周邦彦书刻，谢楷庭捐赠。

【注释】

香城：新都以香气浓郁的桂花著称，号香城。

蜀国故都：《华阳国志》载：“蜀以成都、广都、新都为‘三都’，号名城。”

戍仙：指杨升庵。明李贽称：“岷江不出人则已，一出则为李谪仙、苏坡仙、杨戍仙，为唐宋并我朝特出，可怪也哉！”

【作者简介】

谢楷庭（1920—2011）：四川新繁县竹友乡（今成都市新都区斑竹园街道）人。新都雷音水电站会计，长于诗联书法，成都诗词学会会员、新都诗书画研究会理事。著有《竹园诗词选》。

周邦彦（1906—1998）：号东湖老人，四川新繁县竹友乡（今成都市新都区斑竹园街道）人。四川艺术专科学校毕业，任小学教师，1962年回乡务农。一生酷爱书画、擅长篆刻。

五

投边益显宏文，全蜀才华推第一；

佐父同争大礼，有明忠谔叹无双。

清·黄云鹄撰　姚石倩补书

【解题】

会心堂，俗称大花厅，原为族人及宾客聚会处。1996年塑杨升庵祖父杨春，父亲杨廷和，叔父杨廷仪像。现为杨升庵“授业天子”“滇云讲学”塑像，“议礼之争”画像。

此联载清蜀西云水散人选辑《天下名胜楹联·四川·桂湖》九副之一，题为《桂湖》，作者署黄云鹄。1959年7月由82岁的书法家姚石倩补书，刻挂于会心堂前檐柱上。联语盛赞杨升庵的才华和节操。

【注释】

投边：流放到边远地方。

大礼：即明代的“议大礼”事件。

忠谔：忠于国家、敢于直言的人。《楚辞·惜誓》：“或直言之谔谔。”

【讲解】

上联：杨升庵被流放到云南边疆，更显出他的文学才能，全四川有才华的人，当数他为第一。

下联：杨升庵在“议大礼”事件中，敢于协助父亲，同皇帝抗争，整个明朝像这样忠耿正直的大臣真难找啊！

【作者简介】

黄云鹄（1819—1898）：字祥人，号翔云、湘云，清代湖北蕲春人。以进士历官兵部郎中，成都知府，建昌兵备道道台，四川按察使等职。回乡后主讲湖北江汉书院、江宁尊经书院。工诗文书法，著有《实其文斋文钞》《易学浅说》等。

六

桂埅荷塘，毓秀分香，足与西湖称胜侣；

词坛艺苑，扬葩振藻，谁从南诏访逋臣。

杜明通撰书

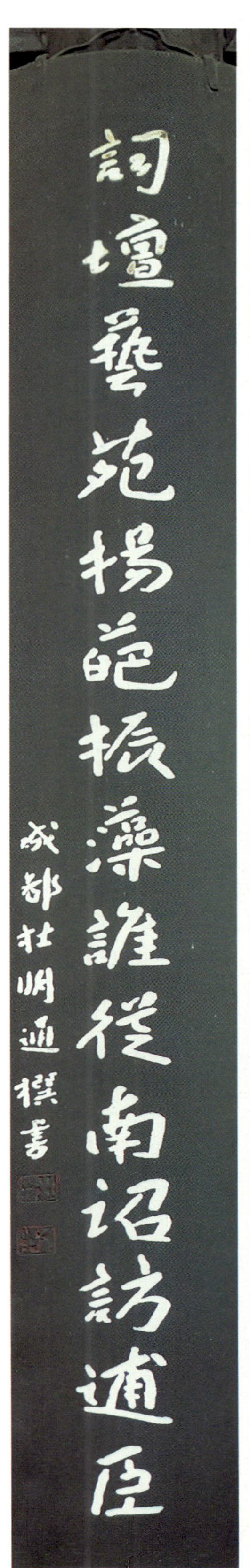

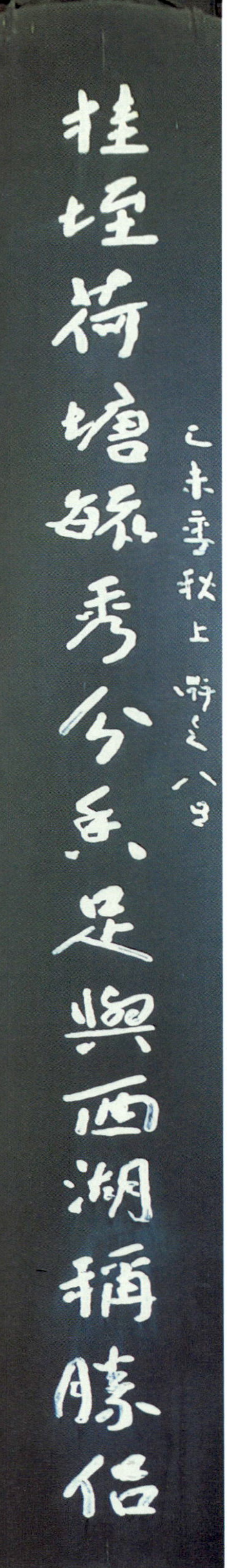

【解题】

此联撰于1979年秋，挂于会心堂（大花厅）前廊柱上。联语高度赞美了桂湖的景色和杨升庵的才华。

【注释】

桂埅：栽满桂树的土坡。

扬葩振藻：比喻文采焕发。

南诏：古国名，是唐代以乌蛮为主体，包括白蛮等族建立的奴隶制政权，全盛时辖有今云南全部、四川南部、贵州西部等地。这里指杨升庵的流放地云南。

逋臣：流放之臣。

【讲解】

上联：桂湖内，满栽桂树的土坡和遍植荷花的水塘，都呈现秀色、散发馨香，完全可与西湖媲美。

下联：杨升庵在文学艺术领域中，出类拔萃，才华横溢，现在谁还能从云南寻访到这位被流放的忠臣呢?

【作者简介】

杜明通（1913—2002）：号草堂退士，四川夹江人。历任四川大学、华西协合大学、四川省立成都师范学校教师，四川省气功科学研究会名誉理事。工诗联书法，著有《中国文学史提要》《〈周易〉实用讲义》《气功养生之道》，诗词集《山林集》等。

升庵书屋（二副）

一

宰相状元是我辈读书本色，惟名山著作，独标巨笔千秋，斯当年蓬馆高骞，无惭簪缨世胄；

忠臣孝子乃吾儒亘古纲常，极边徼奔驰，尚余丹心一点，迄今日桂湖在望，长此俎豆馨香。

清·周冏颐撰书

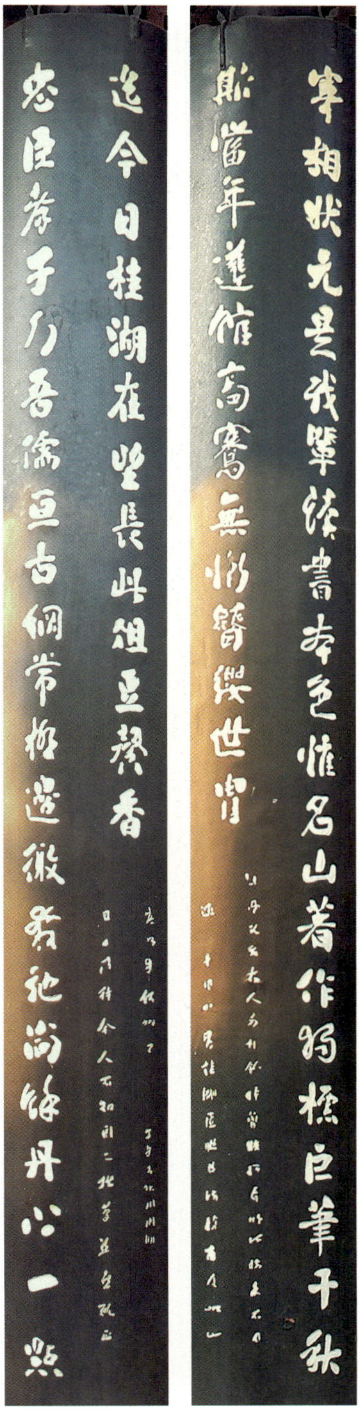

【解题】

升庵书屋，原名仓颉殿。仓颉殿建于清道光十二年（1832），是桂湖现存最早的建筑，祀奉创造文字的始祖仓颉神像，1995年建为“新都名人馆”，2001年建为“升庵书屋”。此处楹联为长3.4米、宽0.5米的抱柱联，是桂湖现存楹联中最大、最长，也是最古老的一副。楹联上另有跋语云：“宜亭父台大人前赴铨时，曾晤于春明。比接来示，不远数千里嘱书桂湖匾联，其培植古人如此，其不薄待今人可知。因忘拙笔，并喜就正高明，幸何如之。安岳古仰周冏颐。”

此联载清蜀西云水散人选辑《天下名胜楹联·四川·桂湖》九副之一，题为《桂湖》，序云：“桂湖在新都县城中，中祀杨升庵先生。”缺作者姓名。

【 匾额概述 】

“升庵书屋”匾额，徐无闻书，字体融碑隶为一炉。上款署“壬申岁孟春”即1992年农历正月。

徐无闻（1931—1992）：名永年，30岁后因耳疾失聪，自号无闻，四川成都人。1954年毕业于四川大学中文系，曾任西南师范大学教授、唐宋文学和书法篆刻硕士导师、中国书法家协会理事、西泠印社社员，其书法以篆书成就最大。主编有《甲金篆隶大字典》《东坡选集》等书。

【 注释 】

名山著作：出自《史记·太史公自序》：“藏之名山，副在京师。”后称不朽的著作为名山著作。

蓬馆：蓬莱仙馆的简称。杨升庵为宰相之子，所居地位显赫。

高骞（xiān)：振翼高飞。

簪缨世胄：做高官的世家。簪缨即簪子和帽带，古代达官贵人的冠饰。

纲常：即三纲五常的简称，儒家作为维护封建等级制度的道德教条。

边徼：边地，边塞。

俎豆：古代祭祀用的两种器具，引申为祭祀、崇奉之意。

【 讲解 】

上联：做宰相和状元是读书人的奋斗目标，唯有像杨升庵那样著书立说，更能够名垂后世。回想他当年在艰苦的环境中能发愤著述，真不愧出身于名门世家。

下联：做忠臣和孝子是读书人自古的道德规范，杨升庵被充军到遥远的边塞，仍怀着对国家的一片丹心，到今天，看桂湖祠堂巍峨，他永远受到人们的崇敬。

【 作者简介 】

周冋颐：字古仰，清代四川安岳人。他是张奉书友人，其余不详。

二

对湖水而仰前贤，遗我清芬，六月荷花八月桂；

望滇云还伤远戍，著书边徼，一重楼阁万重山。

钟树梁撰　李文信书

【 解题 】

此联作于1988年，书于1993年。上联描写桂湖夏秋的主要特色荷花与桂花，下联怀念与桂湖密切相关的人物杨升庵。联语触景生情，睹物怀人，由近及远，由今及古，抒发了作者对桂湖和杨升庵的一片深情。

【 作者简介 】

钟树梁（1916—2009）：四川成都人。曾任成都大学教授、成都大学副校长、四川杜甫学会副会长、四川诗词学会名誉会长、四川省楹联学会顾问、第八届全国人大代表、第六至八届四川省人大常委、第四届四川省政协常委、第九届成都市政协副主席。著有《中国古声韵学要籍辨析》《杜诗研究丛稿》《钟树梁诗词集》等。

李文信（1927—2006）：又名李涛，四川双流人。1941年起相继在西南美术专科学校、杭州艺术专科学校、正则艺术专科学校学习绘画。1950年任西南人民艺术学院美术系研究员，1953年起从教于四川美术学院，任绘画系教授，重庆国画院副院长，亦擅长书法。出版有《李文信作品选》《李文信画集》等。

【 讲解 】

上联：面对澄静的湖水，而更加敬仰前代贤人。他们留给我们的清香，来自六月开放的荷花和八月开放的桂花。

下联：眼望遥迢的云南，还当为远戍的杨升庵伤感。他在边地著书，住的是一重楼阁，而包围隔绝着他的却是万重山峰。

黄峨馆（三副）

一

盼不到迁客来归，白象金鸡相思万里；

莫便伤才人命薄，红榴丹桂各有千秋。

梁正麟撰书　洪志存补书

【 解题 】

黄峨馆原在桂湖沉霞榭，1962年在沉霞榭陈列有关黄峨资料，更名黄峨馆。后黄峨馆迁到升庵祠后的地台子。地台子原来是仓颉殿对面的戏台，因与地平，故称。两边为廊，与仓颉殿构成一座古典四合院。

【 匾额概述 】

黄峨馆现有2块匾额：馆前的“黄峨馆”匾额，馆后的“才冠女班”匾额。

“黄峨馆”匾额，楷体，1990年由刘蔚书写。

刘蔚：见本书第38页作者简介。

“才冠女班”匾额，草体，1990年秋由李琼久书写。

才冠女班：明代大戏曲家徐渭称誉黄峨“才艺冠女班”,赞扬她的作品“旨趣闲雅，风致翩翩，填词用韵，天然合律”。

李琼久（1907—1990）：笔名九公，四川乐山人。1932年毕业于成都四川美术专科学校，后专攻中国画及书法、金石。曾任中国美术家协会会员、四川省美协理事、中国四川嘉州画院院长、中国老年书画协会顾问、原文化部归国华侨联谊会顾问、《人民日报》神州书画院顾问，中国嘉州画派的创始人。

此联原为黄夫人祠联。考黄夫人祠，在杨升庵故宅、黄峨所居的榴阁附近，久毁。遗址在今桂湖西侧上升街。梁正麟《二知堂联语》云：“新都黄夫人祠在桂湖侧，有红榴一株，为夫人手植。”

此联1984年3月先由洪志存补书。跋云：“桂湖侧有红榴一株，为升庵先生手植。世传‘何日金鸡下夜郎’诗为黄夫人句也。甲子花朝月，华阳洪志存书。”联语叙述了杨升庵与黄峨的离情别情，也赞扬了他们的文学成就。

【作者简介】

梁正麟（1870—1951）：字叔子，号芝庵，趾园老人，四川长宁人。清光绪二十三年（1897）拔贡，曾任云南建水知县、姚州知州、广西柳州知州，辛亥革命后任四川上川

南道观察使、建昌道道尹、四川盐运使等。擅长书法楹联，有《二知堂联语》传世。

洪志存：见本书第52页匾额概述。

【 注释 】

迁客：遭贬谪流放到外地的官员。

白象金鸡：比喻杨升庵与黄峨，白象产于云南，以地喻人。金鸡：古代大赦时，竖长杆，上列金鸡，然后击鼓，宣布对犯人的赦令。

红榴丹桂：黄峨有《庭榴》诗，升庵有《桂林一枝》等诗，吟咏红榴丹桂。

【 讲解 】

上联：黄峨盼望不到获罪流放的丈夫杨升庵的归来，他们各在四川、云南，两地相思，路隔万水千山。

下联：不要为才德兼备的升庵与黄峨命运不好而伤愁，欣慰的是他们写的诗都各有特色，世代为人传诵。

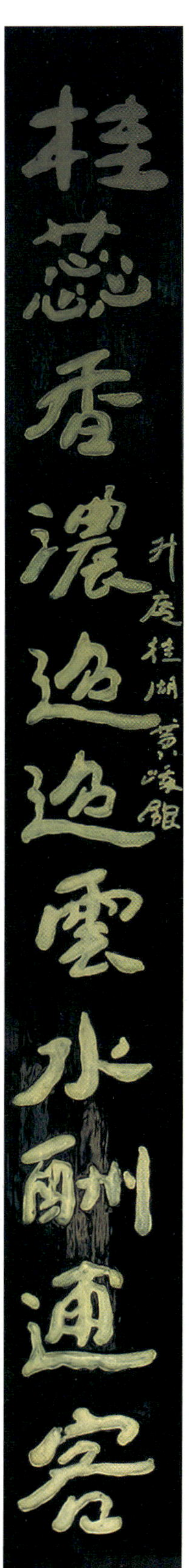

二

桂蕊香浓，迢迢云水酬逋客；

湖波话暖，夜夜梦魂慰芳心。

喻光韶撰　张敬群书

【 解题 】

此联作于1988年，书于1990年。联语以“鹤顶格”嵌“桂湖”二字，并以“桂”和“湖”来寄托升庵与黄峨的忠贞爱情。

【 注释 】

逋客：指漂泊流亡的人，失意的人。唐代耿湋《赠韦山人》诗：“失意成逋客，经年独掩扉。”这里指杨升庵。

【 讲解 】

上联：桂蕊散发出浓郁的香气，飘过迢迢的云水，去酬劳谪戍南荒的杨升庵。

下联：湖波传递着温暖的话语，夜夜安慰着黄峨梦系魂牵的美好心灵。

【 作者简介 】

喻光韶（1929—　）：四川蒲江人，曾任四川人民出版社旅游编室主任，副编审，《西南旅游》常务副主编。著有散文集《花月正春风》等。

张敬群（1940—　）：字不群，斋名闲闲楼，甘肃兰州人。甘肃省著名书法家，兰州市书协副主席、顾问，兰州画院专业书画家。1993年聘为甘肃省文史研究馆研究员。

三

桂树荷花，香馥人间世；

文章风节，光辉宇宙中。

周重能撰　徐无闻书

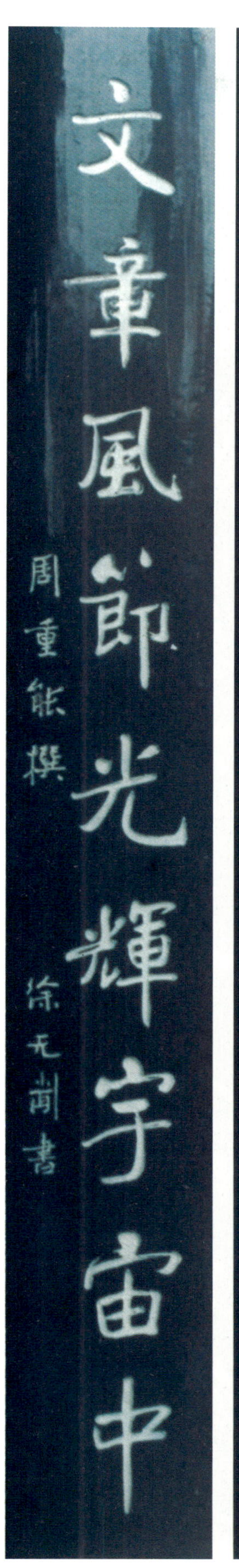

【解题】

此联以桂湖馥郁馨香的桂花、荷花为喻，高度赞美和评价了桂湖名人杨升庵和夫人黄峨。

【作者简介】

周重能（1899—1982）：名裕冕，别署六守斋，四川金堂人。成都联合中学（今石室中学）毕业，考入国立成都大学中文系，师从吴虞、林思进、向楚等人。后在新都中学任教，晚岁定居新都。弟子张学渊辑有《水竹山庄诗文集》两册。

徐无闻：见本书第62页匾额概述。

【讲解】

上联：杨升庵在桂湖种下的桂树和荷花，清香馥郁，誉满人间。

下联：杨升庵写下的文章和表现的高风亮节，永放光辉，长留天地。

桂湖碑林（二副）

一

汉阙梁碑，自古香城留翰墨；
南宗北派，于今天府焕文章。

万自律撰书

【解题】

桂湖碑林在升庵桂湖之东北角，竣工于1991年6月，是一座正中为厅、三方为廊的仿清四合院建筑，占地1400平方米。厅、廊内共有明、清和近现代碑刻一百余通，由升庵桂湖、龙藏寺和新都其他地方三部分碑刻组成。龙藏寺碑刻在清代以来久富盛名，是桂湖碑林的重要组成部分。

【匾额概述】

“桂湖碑林”匾额，为赵蕴玉1991年在新都桂湖碑林落成后所书写。

赵蕴玉（1916—2003）：名石，又名文蔚，四川阆中人。自幼习画，1945年入成都大风堂，师从张大千先生，并在岷云艺专任教。1952年到四川省博物馆，专事书画复制和鉴定工作。其绘画擅长人物、山水、花卉，工笔、重彩、写意、白描，技能全面。其书法兼长各体，造诣高深。

桂湖碑林建成后，此联挂于碑林门厅。联语赞美新都历代留下了众多的碑刻，这些碑刻的诗文和各种书法在四川很有名气。

【 注释 】

汉阙：指东汉兖州刺史、雒阳令王稚子的墓阙，在成都市新都区新都街道督桥村，今不存。

梁碑：指刻于南朝梁武帝大同六年（540）的千佛碑，原在新都正因寺（属今成都市新都区新都街道正因社区），1973年迁新都宝光寺。

香城：指新都。清姚骞诗《桂湖五律十首寄张宜亭》之五："秋日艳湖滨，桂花香

满城。”

翰墨：笔墨，借指诗文书画之类。

南宗北派：本指我国山水画的两大流派，这里泛指我国书法的各种风格和流派。

天府：指四川，四川古称“天府之国”。

【 讲解 】

上联：以桂花著称的香城新都，自古就留下了如汉代王稚子阙、梁代千佛碑那样颇具价值的碑刻。

下联：桂湖碑林荟萃了我国古往今来各种风格和流派的书法，使四川天府之国文风鼎盛、文采焕发。

【 作者简介 】

万自律（1913—1994）：号壑秋，又号新西村叟，四川新都人。1947年任黄埔军校成都分校国文教官，著名书法家，其诗词、楹联造诣亦高。曾任新都诗书画研究会副理事长，新都美术书法协会副主席，新都诗书画研究会顾问，新都画院顾问。著有《壑秋诗存》。

二

桂花香笔墨；

湖水影碑林。

张爱萍撰书

【 解题 】

1982年4月，张爱萍将军来桂湖考察，参观了临时在中山纪念堂陈列的新繁龙藏寺碑林66通历代书法碑刻后，撰书此联，并建议重修碑林。1989年中山纪念堂危房被拆除，1991年桂湖碑林在桂湖东岸落成。此联悬挂于桂湖碑林门厅背面檐柱。

张爱萍爱好楹联，擅长书法，其艺术手法高明，不仅把“桂湖”二字嵌入联首，而且以寥寥十字勾勒出碑林的诗情画意。从桂花香联想到笔墨香，从湖光水影见到了碑林倒影，韵味浓郁，贴切自然。

【 作者简介 】

张爱萍（1910—2003）：四川达县(今达州市)人。中国人民解放军上将，无产阶级革命家、军事家，现代国防科技建设的领导人之一。历任华东军区参谋长、中华人民共和国国防部长、国务院副总理、中共中央顾问委员会常务委员等职。他还是著名的诗人、摄影家、书法家，出版有诗词、书法、摄影选集。著有《神剑之歌》《张爱萍军事文选》等。

杨升庵祠及桂湖待补楹联

杨升庵祠及桂湖待补楹联

桂湖园林中，有楼、台、亭、阁、桥、榭、轩、廊、舫居、殿堂、碑林等建筑多达28处，现在刻挂的楹联仅有40副。近20年来，楹联几无增加，而且多次填漆，字迹模糊不清。沉霞榭、观稼台、问津楼、绿漪亭等处楹联尚属空白，杨柳楼、湖心楼、香世界、桂湖碑林等处楹联尚需增添。据笔者2002年策划统计，以其内容和悬挂位置，需要补刻的楹联有24副。

这24副楹联，其中4副选自新都杨升庵博物馆旧藏，有书法墨迹；14副曾经在桂湖刻挂，后来毁损，联文选自《桂湖古今楹联辑注》；3副选自桂湖征联中的获奖作品；3副为桂湖新增景点创作。另有20副联文无书法，待补。

交加亭

千里江山开画本；
满湖烟雨入诗情。

佚名

【 解题 】

此联选自《桂湖古今楹联辑注》。描绘了在交加亭上所见到的山色湖光，这些美景充满着诗情画意。

杨柳楼台（三副）

一

秋水荷花，伊人宛在；

春风杨柳，樽酒重开。

冯建吴撰书

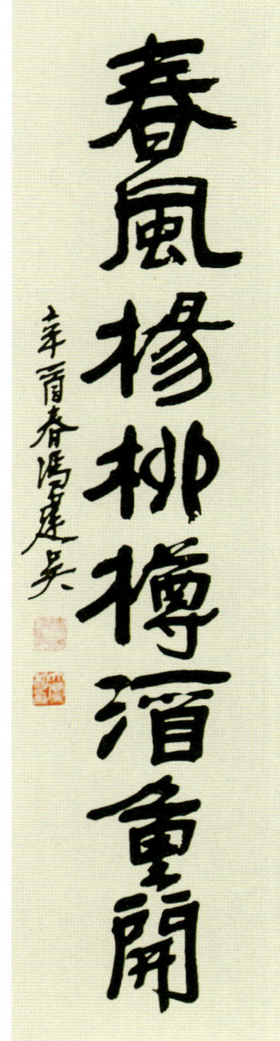

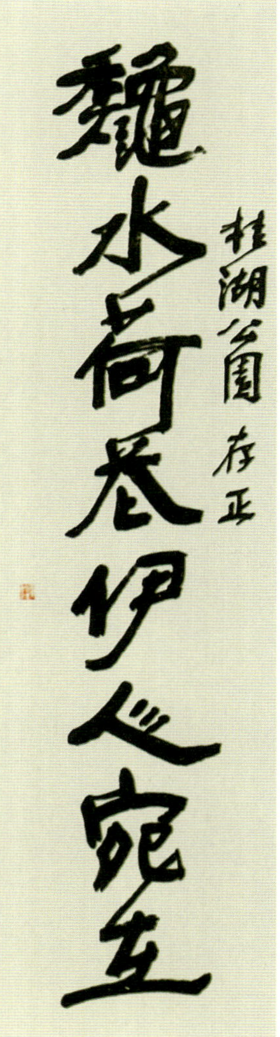

【解题】

此联作于1981年春，时当作者七十寿辰。上联发思古幽情，下联绘眼前胜景。

【注释】

伊人：指杨升庵。

樽酒重开：指四川书画界同仁在桂湖为作者庆七十大寿事。樽：盛酒器。

【讲解】

上联：来到桂湖，想起杨升庵，他好像初秋池水中的荷花那样高洁。

下联：眼前春光明媚，杨柳婀娜，让我们再一次端起酒杯开怀畅饮。

【作者简介】

冯建吴（1910—1989）：名游，字太虚，四川仁寿人，当代著名书画家。早年师从王一亭、王个簃、潘天寿等名师，1932年在成都创办东方美术专科学校，1956年在四川美术学院负责书画、篆刻、诗词教学。他曾任中国美术家协会理事、中国书法家协会理事、重庆国画院副院长、成都画院顾问、四川省诗书画院副院长。

二

画舫远汀迷柳树；
清池明月浸荷花。

集句　闵虚谷书

【解题】

此联选自《桂湖古今楹联辑注》。杨柳楼台高楼突兀，杨柳婀娜，乃借古人折柳送别的习俗，寓升庵、黄峨几经离别之意而名。下联“清池明月浸荷花”，集改自宋诗人陈必复的《夜轩纳凉》：“小院夜深凉似水，一池明月浸荷花。”此联描绘了夏天登上杨柳楼台所见到的桂湖景象。

【注释】

画舫：装饰华丽的游船。

汀：水边平地。

【讲解】

上联：白天，华丽的游船荡漾在远处岸边的柳荫中。

下联：夜晚，皎洁的月光洒浸在长满荷花的湖面上。

三

园中草木春无数；

湖上山林画不如。

集宋·苏轼　宋·林逋句

【解题】

此联选自《桂湖古今楹联辑注》。联语集自宋代苏轼《监洞霄宫俞康直郎中所居四咏退圃》："园中草木春无数，只有黄杨厄闰年。"下联集自宋代林逋《杂兴四首》其一："湖上山林画不如，霜天时候属园庐。"此联描绘桂湖园林中花木繁盛，春意盎然；山水秀美，胜似画图。

小锦江

明湖邀碧月；
秋水醉红莲。

李半黎撰书

【 说明 】

此联作于1981年，它以拟人手法描绘桂湖初秋莲红水碧、入夜月朗湖静的瑰丽景象。

【 作者简介 】

李半黎（1913—2004）：原名李周祜，河北保定高阳人。1938年入延安鲁迅艺术学院学习，1951年任《川东报》总编辑，1952年任《四川农民报》总编辑，1960年后历任《四川日报》副总编辑、总编辑、社长，曾任四川新闻工作者协会主席、四川省诗书画院副院长、四川省文联常委、中国书法家协会理事、四川省书法家协会主席等。其书法学唐代颜真卿，自成一格。

沉霞阁（二副）

一

世事历沧桑，沉霞静对思榴阁；
天涯同咫尺，锦字毋劳寄永昌。

李士廉撰

【解题】

此联作于1988年，上联追溯清代的沉霞榭、明代的榴阁、现代的黄峨馆历史；下联描绘桂湖沉霞榭（原黄峨馆）的黄峨像与升庵祠的升庵像隔湖相向而立，近在咫尺。

【注释】

沧桑：沧海桑田的略语，比喻世事变迁很大。

咫尺：比喻距离很近。咫，古代长度名，周制八寸，合今制六寸二分二厘。

【讲解】

上联：世间的事物历经变化，我静对现在被建为黄峨馆的沉霞榭，油然想起清代被建为黄夫人祠的升庵、黄峨故居榴阁。

下联：杨升庵黄峨远隔天涯，现在他们的塑像近在咫尺，黄峨的书信用不着再寄往永昌了。

【作者简介】

李士廉（1922—2001）：名让泉，号适园，四川灌县（今成都市都江堰市）人，退休教师。擅长诗词、楹联，曾任四川省诗词学会理事、四川省楹联学会常务理事、都江堰市楹联协会会长。著有《适园诗集》和《适园楹联集》。

二

玉镜明湖春水绿；

荷花簇锦照人红。

集明·杨升庵　宋·杨皇后句

【解题】

此联选自《桂湖古今楹联辑注》。上联集自明代杨升庵长短句《明湖篇赠罗野庭》的首联："玉镜明湖春水绿，君乘星轺向滇蜀。"下联集自宋代杨皇后《宫词》的首联："水殿钩帘四面风，荷花簇锦照人红。"此联描绘了桂湖春夏的美景，春天像玉镜那样明澈的湖面盛满绿水，夏天红莲盛开，花团锦簇，光彩照人。

天香亭

十里香风留过客；
一园新桂续甘棠。

李士廉撰

【解题】

2006年，在桂林之南新建一亭，一直无名称。此亭依傍古城墙，桂花簇拥，馨香四溢，今以宋之问“桂子月中落，天香云外飘”诗意，取名“天香亭”。又因“无名亭”所挂之联，意境欠佳，不合联律，于是另选一联，刻挂于此。

【注释】

过客：过往的客人，这里指游客。

甘棠：树名，《诗经》有《甘棠》篇。朱熹集传：“召伯循行南国，以布文王之政，或舍甘棠之下，其后人思其德，故爱其树而不忍伤也。”这里指杨升庵所植的桂树。

【作者简介】

李士廉：见本书第82页作者简介。

鸿文亭

鸿恋香城，情深桂水；
文辉倩影，缘润湖光。

冯修齐撰

【 解题 】

1943年秋天，悲鸿大师在成都举办画展，他和廖静文到新都游览了桂湖和宝光寺。1993年9月，徐悲鸿纪念馆馆长廖静文，携带着悲鸿大师的遗作精品一百余幅来成都举办“徐悲鸿艺术大展”。其间她来到新都，在桂湖寻觅与悲鸿留下的足迹，题写了“先贤胜迹”四字；又在宝光寺鉴赏悲鸿画的巨幅《立马图》，题写了斗大的“缘”字。

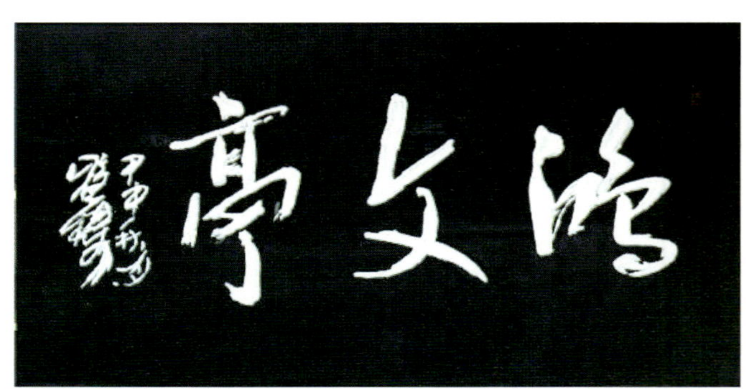

为纪念徐悲鸿、廖静文在桂湖的情缘，2004年，新都文物管理所在桂湖古城墙的西头，原炮台的遗基上建小亭，以徐悲鸿、廖静文名中的二字，取名为“鸿文亭”。

“鸿文亭”匾额，为刘雅楼书写。

刘雅楼（1949—2021）：字寿禅，号南野居士，斋号壮牛堂、野墨斋，四川成都人。曾任四川省政协书画研究院画师，四川省篆刻研究会常务理事，四川东方画院副院长，中国书画家协会理事，四川省草书研究会副会长、研究员等。他擅长篆刻和草书，与邓代昆、天旭中并称为“蜀中三草”。

此联以“鹤顶格”嵌亭名“鸿文”，以“凫胫格”嵌所在地“桂湖”。联语对仗工稳，文辞优美。

【讲解】

上联：新都桂湖曾经是徐悲鸿和廖静文恋爱之地，他们在这里表达了深挚感情。

下联：廖静文《徐悲鸿一生》书中，叙述了二人在桂湖留下的身影和缘分。

【作者简介】

冯修齐：见本书第18页作者简介。

湖心楼（三副）

一

五千里秦树蜀山，我原过客；
一万顷荷花秋水，中有诗人。

清·曾国藩撰

【解题】

这是桂湖著名楹联之一，原联早毁，仅存联文。详见本书第104页《杨升庵祠及桂湖楹联搜遗》。

百花潭北庄

又，杜公草堂独立楼集句联：

即今耆旧无新咏
何处老翁来赋诗

又，集句题祠内恰受航联：

孤城返照红将敛
仙侣同舟晚更移

又，杜公神龛集句联：

旁人错比扬雄宅
日暮聊为梁甫吟

四川桂湖，有曾文正一联，自注云：

癸卯九月，使旋过新都县，张宜亭大令邀游桂湖。湖为明杨升庵旧址，约广三百亩，皆荷花，缘堤皆桂树。张君葺修楼阁，颇不俗，酒罢因题联语云：

五千里秦树蜀山，我原过客
一万顷荷花秋水，中有诗人

又，刘景伯联：

故里望魂归，岂知仙客回翔，两地云山皆若寄
羁臣犹血食，谁念敬皇父子，二陵风雨不胜寒

又，费道纯联：

宛在水中央，聚千古名士忠臣

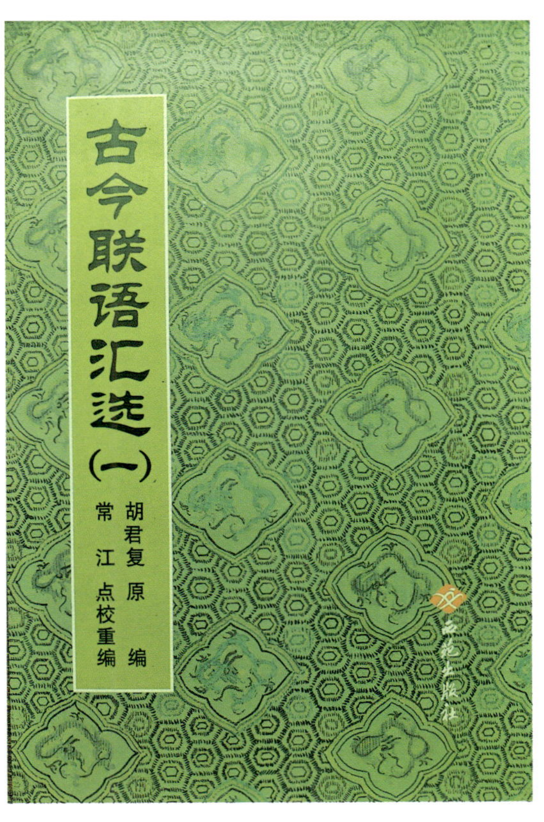

【作者简介】

曾国藩（1811—1872）：字伯涵，号涤生，湖南湘乡人，宗圣曾子七十世孙，晚清政治家、战略家、理学家、文学家。清道光十八年（1838）进士，官翰林院检讨，迁内阁学士、礼部侍郎。道光二十三年（1843）六月，钦命为四川乡试正考官。咸丰三年（1853）创建湘军，官至两江总督，直隶总督，武英殿大学士，封一等毅勇侯，谥曰“文正”。著有《曾文正公全集》。

二

波平槛影明光镜；

桂馥荷香入梦魂。

萧印唐撰

【解题】

此联作于1985年，当时作者与王文才、白敦仁、刘君惠等陪程千帆游桂湖，曾憩息于重修之湖心楼。此联为其女萧效农提供，描绘了湖心楼及其周围的美丽景象和作者被美景所陶醉的丰富感情。

【作者简介】

萧印唐（1911—1996）：字熙群，四川垫江（今重庆市垫江县）人。师从黄季刚、刘恒儒、胡小石、吴梅等，与沈祖棻同学。金陵大学国学特别研究班毕业，先后在金陵大学、四川大学、湖南师范学院、重庆高级工业学校、南京电力专科学校等处任教授。擅长诗联书法，曾任重庆诗词学会顾问。

三

东城极目春千里；

南浦怀人水一方。

录宋·杨升庵句

【解题】

此联选自《桂湖古今楹联辑注》。联语录自杨升庵七言律诗《答张起溟》的颈联。借指居于桂湖之滨的黄峨，面对城外无边的春色，怀念谪戍滇南、山水相隔的亲人。南浦：南面的水边。屈原《九歌·河伯》：“送美人兮南浦。”

观稼台（二副）

一

放眼云山皆下界；

关心禾黍每先登。

罗远猷撰　彭挽书

【解题】

观稼台高踞于桂湖西南隅之古城墙上，是供城内官绅士大夫观赏田原风光的高台。

“观稼台”匾额为隶书，款署“邑人魏宗钺书”。

魏宗钺：字秉虔，新都文化名人，善古琴。1926年11月任新都县教育局长。

台下现为新辟的桂湖森林广场。

此联作于1939年，今不存。选自《桂湖古今楹联辑注》。

【注释】

下界：迷信的人称天上神仙居住的地方为上界，相对地把人间叫作下界。

禾黍：五谷中的水稻和黍子，这里泛指庄稼。

【讲解】

上联：登上观稼台，放眼望去，远

处的云和山都显得低矮，自己仿佛置身于天上。

下联：民以食为天，我非常关心庄稼的收成，每来桂湖，总是最先登临这儿。

【 作者简介 】

罗远猷：四川内江人，曾任彭县、新都县县长。1939年抗日战争期间，为预防日本飞机轰炸新都城，他开通桂湖城墙以疏散民众，并在城墙缺口，兴建门楼，罗远猷所书“桂湖门”刻石犹存。

彭挽：字彼澜，四川内江人，擅长书法。曾任川东某县征收局长，后任新都县长罗远猷的秘书。

二

百亩湖光留桂影；

一墙秋色伴禾香。

佚名撰书

【 解题 】

此联选自《桂湖古今楹联辑注》。联语描绘了站在秋天的观稼台上，所见到的桂湖景色和新都城外景色。

香世界

平湖莲叶动；
老桂鸟声悠。

李铎撰书

【 解题 】

此联作于1982年，联语静与动相配合，形和声相呼应，描绘了桂湖夏日的图景：平静的湖面上莲叶摆动，茂密的桂丛中鸟声悠扬。

【 作者简介 】

李铎（1930—2020）：字仕龙，号青槐，湖南醴陵人。中国军事博物馆研究馆员，文职将军，中国著名书法家。曾任中国书法家协会副主席、顾问，中国国际书画艺术研究会顾问，中国书画函授大学特约教授，齐白石书画艺术研究院副院长等。著有《书法入门》《李铎书前后出师表》《孙子兵法新校字帖》等。

问津楼（二副）

一

地静一尘不起；

楼高四望皆通。

录宋·杨升庵句

【解题】

问津楼建于古城墙上，登楼可俯览湖光，辨识游踪。此联选自《桂湖古今楹联辑注》，录自杨升庵六言古诗《江山平远楼避暑》的头二句，借此描绘桂湖问津楼的景色。

“问津楼”匾额，为闵虚谷书写。

闵虚谷：见本书第6页作者简介。

二

胜景览名园，云影波光，不让杭州西子；

襟怀抒远抱，地灵人杰，犹夸滇海文翁。

佚名撰

【解题】

此联选自《桂湖古今楹联辑注》。联语作于1988年，上联览桂湖佳景，下联赞升庵业绩。

【注释】

杭州西子：杭州西湖。西湖又称西子湖。

滇海文翁：杨升庵在云南兴教育，有如汉代在蜀郡兴教育的文翁，故称。滇海，即滇池，代指云南。

【讲解】

上联：上楼观赏桂湖驰名的园林胜景，放眼云影波光，不比杭州西湖逊色。

下联：登高抒发远大的抱负襟怀，说到地灵人杰，更应夸耀这里的杨升庵。

聆香阁

静闻清露坠；
凉送好风来。

录宋·杨升庵句

【解题】

聆香阁在湖东水边，这里静谧清爽，阵阵香风，人们不仅可嗅到，仿佛还能听到。此联选自《桂湖古今楹联辑注》。联语录自杨升庵五言律诗《竹户》的颔联，借以描绘聆香阁附近的优美环境。

绿漪亭

千首新诗一竿竹；
墙西明月水东亭。

集宋·苏轼　唐·白居易句

【解题】

绿漪亭建于桂湖最东边的水心，此处绿荷拂动，竹树掩映，城墙屏立，幽雅僻静。

此联选自《桂湖古今楹联辑注》。上联集自宋代苏轼《次韵送徐大正》七律诗尾联："千首新诗一竿竹，不应空钓汉江槎。"下联集自唐代白居易《答苏庶子月夜闻家僮奏乐见赠》七律诗首联："墙西明月水东亭，一曲霓裳按小伶。"联语属当句对，虽不显工稳，但它恰如其分地描绘了绿漪亭附近诗画般的意境。

【匾额概述】

"绿漪亭"匾额，隶体，2000年春，由王熙百书写。

王熙百（1920—2015）：名全志，字执中，四川新都人。20世纪60年代任新都县工商联常委，1980年任新都县政协副主席，1986年任新都诗书画研究会理事长。擅长诗联书法。

杨升庵祠澄心水阁

议礼谪蛮荒，当年数过吾乡，几回先辈同茶话；
澄心聆殿读，异日重来公府，一样平湖泛桂香。

余德泉撰书

【解题】

此联作于1992年农历正月。边款书：“十年前至桂湖，瞻仰升庵先生故居，遂撰此联。壬申春正月，川南叙永长沙寓客余德泉并书于岳麓山下半月湖边。”

【讲解】

上联：杨升庵因“议大礼”事件，触怒了嘉靖皇帝，被杖责罢官，谪戍到边远的蛮荒之地云南永昌卫。此后多次往返于川滇，路过叙永，与当地百姓饮茶交谈。

下联：今年春天，我在桂湖升庵祠澄心阁瞻仰升庵先生遗像，诵读他的著作。某年秋日，我要重游升庵府第，那时，我将会享受到桂湖桂花散发出的馥郁馨香。

【作者简介】

余德泉（1940—　）：四川叙永人，著名诗联书法家。北京大学中文系毕业，中南大学教授、中南大学楹联研究所所长，中央文史馆书画院研究员、湖南省文史馆馆员，曾任中国楹联学会副会长、湖南省楹联家协会主席。著有《古汉语同义虚词类释》《对联通》《对联格律·对联谱》《得月斋联稿》《余德泉书法五种》等20余部。

議禮謫蠻荒當年數過吾鄉幾回先輩同茶話
澄心聆殿讀異日重來公府一樣平湖泛桂香

杨升庵祠会心堂

名节廷诤大礼疏；
风流人说永昌年。

向楚撰　刘孟伉书

【 解题 】

此联曾挂于升庵祠会心堂（大花厅）杨升庵木刻像两侧，有跋语云：“一九五九年十二月题寄新都升庵先生祠堂，刘孟伉以汉分书之，向楚为文。”联语以精辟的语言将杨升庵一生的经历作了简要评述。

【 讲解 】

上联：杨升庵的美名和气节，是他敢于在宫殿上直言讽劝皇帝，两次上“议大礼”的疏奏。

下联：杨升庵的历史功绩，众所周知，是他流放云南永昌卫期间，努力传播中原文化。

【 作者简介 】

向楚（1877—1961）：字先乔，四川巴县（今属重庆市）人，清末举人，同盟会会员。曾任重庆蜀军政府秘书院院长、重庆讨袁军民政厅总务处长、孙中山大元帅府秘书长、成都省长公署秘书长及政务厅长，国立成都高等师范学校、成都大学教授，四川大学中文系教授兼文学院院长、代理校长，1952年任四川省文史研究馆副馆长。著有《巴县志》《古韵分部及各家之短长得失概论》《空石居诗存》等。

刘孟伉：见本书第36页作者简介。

杨升庵祠藏舟山馆

舟藏荷海晴光好；
曲咏桂湖明月多。

佚名撰书

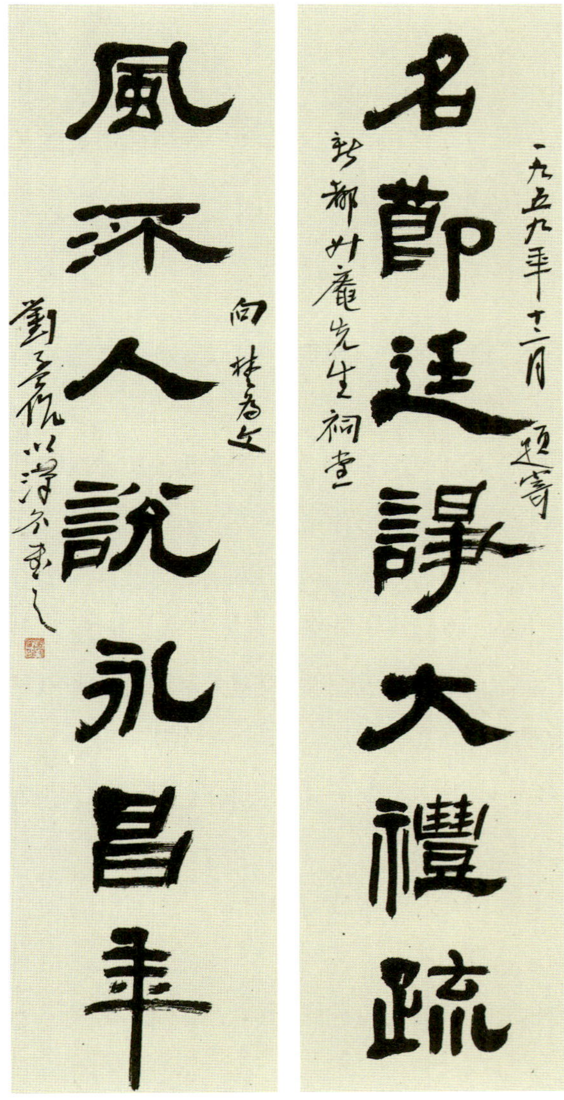

【 解题 】

藏舟山馆在升庵殿左侧，现为“杨升庵在云南游踪”图片陈列。此联选自《桂湖古今楹联辑注》。联语描绘了藏舟山馆附近的景色。上联指白天，山馆右侧的杭秋舫居卧于荷花丛中；下联指晚上，杨升庵《桂湖曲送胡孝思》诗中，有“湖水映明月”“明月如怀君”“湖月照人明”等句。

黄峨馆（二副）

一

六诏风烟，喜文化当年，添传锦字；
满湖荷桂，庆馆启今日，约践刀环。

黄德彰撰

【解题】

1962年，沉霞榭更名黄峨馆，陈列有关黄峨的资料和著作。此联于次年挂出，十年动乱中毁损。联语借用黄峨《寄外》诗意，结合建馆之事而撰。

【注释】

六诏风烟：六诏，见本书56页注释。风烟，烟雾迷茫，模糊不清，指地方遥远。黄峨《寄外》诗有“六诏风烟君断肠”句。

锦字：用锦织成的字，指《晋书》所载窦滔妻苏氏织锦为《回文璇玑图》诗以赠其夫事，后用以指妻子寄丈夫的书信，黄峨《寄外》诗有“锦字何由寄永昌”句。

约践刀环：从黄峨《寄外》诗“相闻空有刀环约”之句化裁而成，此典出自古乐府歌谣：“藁砧今何在，山上复有山，何当大刀环，破镜飞上天。”（“环”与“还”谐音，全句意思是：丈夫在哪儿，远隔几座山，何时才回来，新月挂天边。）这里的意思是黄峨馆与升庵祠同在桂湖，夫妻实现了还乡之约。

【讲解】

上联：过去杨升庵在云南边疆传播中原文化，夫人黄峨或身边协助，或书信鼓励，都是可喜的事。

下联：今天桂湖荷桂芬芳，现又在沉霞榭建黄峨馆，与升庵祠朝夕相伴，实现了他们夫妻团聚的愿望。

【作者简介】

黄德彰（1980—1987）：字兆民，号汉觉，别号紫霞衲子，四川新都人。1942年毕业于华西协合大学医学院，获美国纽约大学证书。中华人民共和国成立后，曾任成都中医学院附属医院副院长、教授、内科主任医师。

二

积雨春寒思远戍；

朱花夏灿伴清吟。

黄稚荃撰

【解题】

1990年新都拟议重建杨升庵与黄峨的故居榴阁。笔者仰慕黄先生与黄峨同为蜀中才女且同姓氏，乃请为榴阁撰书楹联。联成待书之际，先生讣闻至焉。笔者悲悼不已，乃敬献挽联曰：“痛失人师，应悔桂湖疏翰墨；早归鹤驾，好教榴阁焕诗联。”恭诵先生联语，全以黄峨诗曲意境为之，巧抒胸臆，感人至深也。此联见黄稚荃先生遗著《杜邻存稿》，今后可刻挂于黄峨馆。

【注释】

积雨春寒：语出黄峨《黄莺儿·雨中遣怀》曲首句“积雨酿春寒”。

朱花夏灿：语出黄峨《庭榴》诗“槛外绯花掩映时”“肯于夏半烂生姿”句。

【讲解】

上联：久雨不晴，春寒料峭，黄峨思念远戍滇南的丈夫，可知添衣御寒。

下联：红榴似火，夏日灿烂，我仿佛见到升庵与黄峨，正相伴花下，吟诗唱和。

【作者简介】

黄稚荃（1908—1993）：笔名杜邻，四川江安人，诗人、书画家。毕业于北京师范大学研究院。曾任国民政府国史馆纂修、四川大学文学院教授。中华人民共和国成立后，任四川省政协常委，中华诗词学会顾问，四川诗书画院顾问，四川诗词学会名誉会长等职。所作诗文书画，名重士林，著有《杜诗札记》《李清照著作十论》《楚辞考异》《杜邻存稿》等。

杨升庵祠及桂湖楹联搜遗

杨升庵祠及桂湖楹联搜遗

桂湖及杨升庵祠楹联，从清道光十九年（1839）到1949年中华人民共和国成立，在长达110年间，全国著名学者、文人、官员曾国藩、黄云鹄、费道纯、陈桐阶、刘韵珂、何绍基、邓锡侯、毛书贤、陈云鹄曾来游赏新都桂湖及杨升庵祠，留下众多楹联，惜多不存在。笔者遍阅古籍文献，拜访耆旧学人，广为搜求，悉心考证，得散佚楹联22副。其中，清舍澈《潜西随笔》卷二，编刻清蜀西云水散人选辑《天下名胜楹联·四川·桂湖》9副（包括吴恭亨《对联话》卷一、卷三所载2副，胡君复《古今联语汇选》第一册所载4副，内容基本相同），吴恭亨《对联话》卷四所载1副，新都地方文献所载8副，新都杨升庵博物馆旧藏楹联书法墨迹3副，清人文集所载1副，兹列于后。

桂湖（三副）

一

五千里秦树蜀山，我原过客；

一万顷荷花秋水，中有诗人。

清·曾国藩撰

【解题】

此联载吴恭亨《对联话》卷一。

吴恭亨（1857—1937）：字悔晦，号岩村，湖南慈利人，从小喜欢楹联，幼时请业于楹联家朱恂叔先生，平生致力于楹联搜集。著有《悔晦堂丛书》，其中《对联话》十四

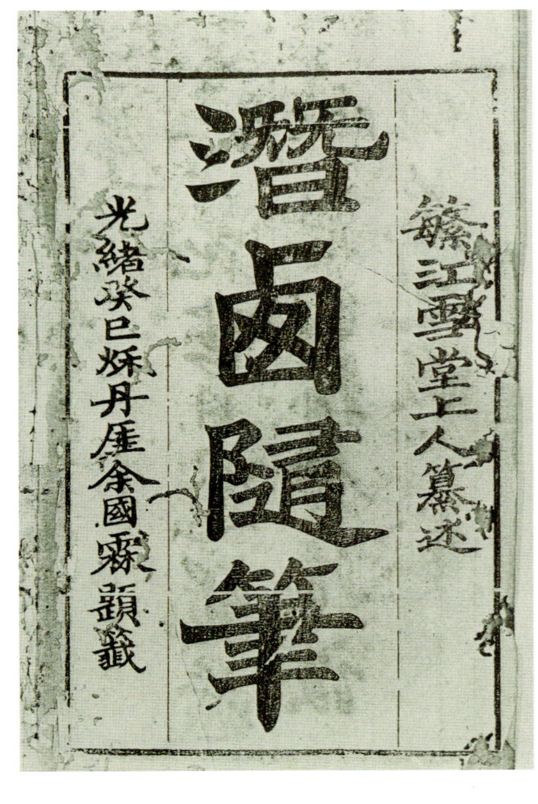

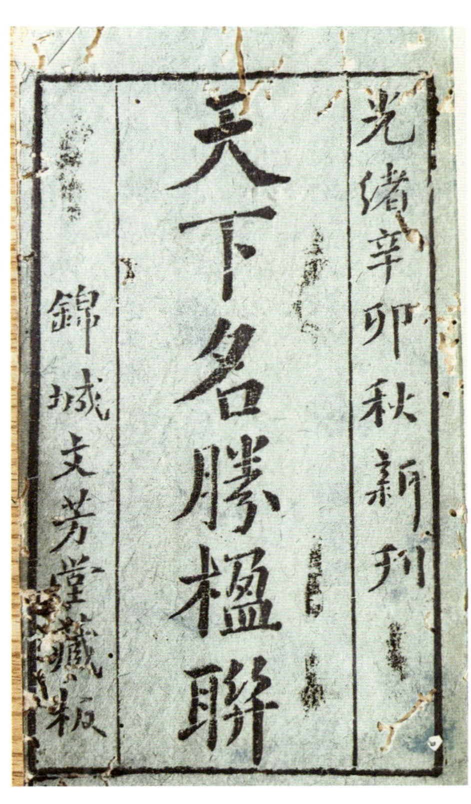

卷，共收录历代联作者千余人，联作近三千副，为中国楹联史学保存了丰富的资料。

《对联话》卷一《题署》载：“四川新都桂湖曾文正国藩题联云：‘五千里秦树蜀山，我原过客；一万顷荷花秋水，中有诗人。’”又载民国初年胡君复所编的《古今联语汇选》，联文相同。此联还载清蜀西云水散人选辑《天下名胜楹联·四川·桂湖》九副之一，题为《桂湖》，但联文有异：上联之“秦树蜀山”为“秦栈蜀山”，“我原过客”为“我犹过客”；下联之“一万顷”为“三十顷”，“中有诗人”为“想见伊人”，都能讲通，不知孰是。产生异文的原因，据笔者揣测，或为人们口传笔误，或为云水散人率意修改。比如，新都人大多知道桂湖水面不足三顷，一万顷太离谱，而不理解文学艺术的夸张手法。这一改，顿失作者气概，有损原联风貌。

新都素称成都的“北门锁钥”，新都桂湖风光秀丽，来往官员仕宦多到此游赏。曾国藩从北京到成都路过新都时，正值荷花盛开，只因使命在身，未及驻马一观而直奔成都。当乡试完毕，由成都返程回京时，才来新都游访桂湖。

曾国藩到底是哪天来的桂湖？据《曾文正公年谱》载：“[癸卯]道光二十三年，公三十三岁……六月，钦命公充四川正考官，以赵楫副之……八月初四日，抵成都……九月二十一日，由成都回节。”又，《古今联语汇选》在此联前有序云：“四川桂湖，有曾文

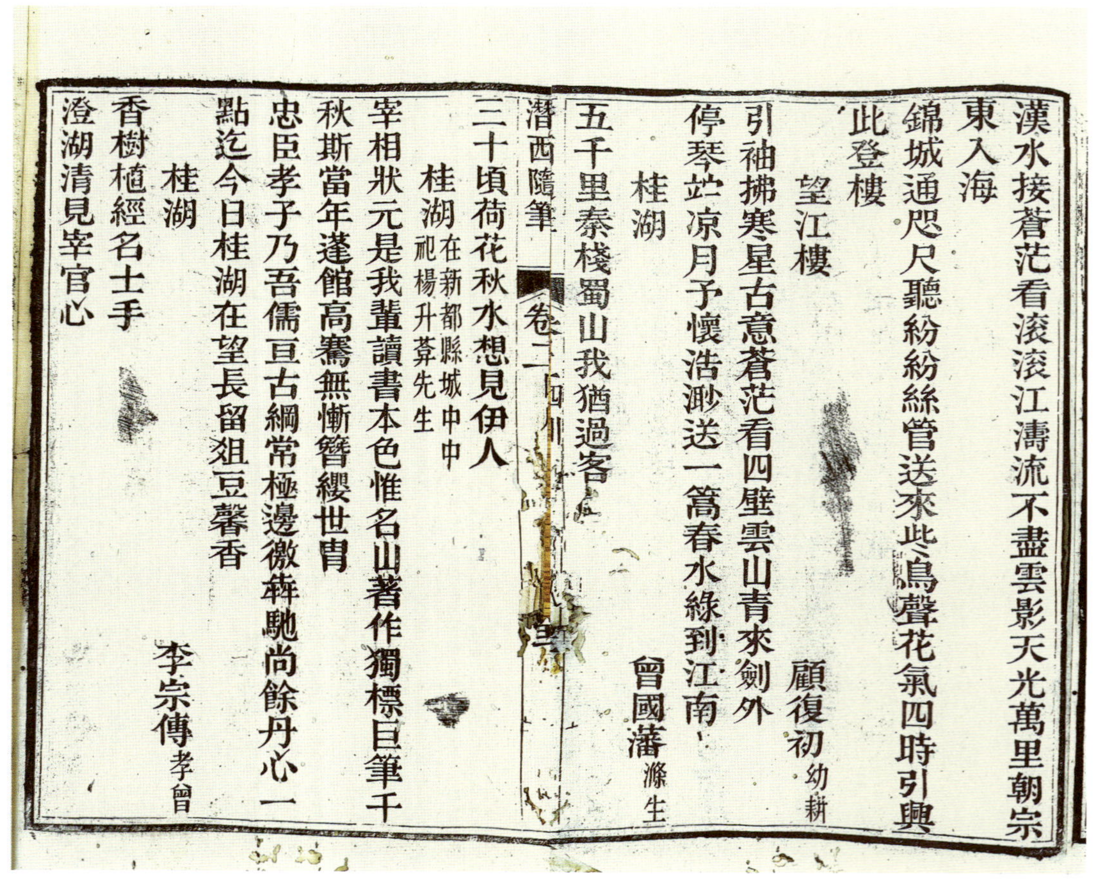
漢水接蒼茫看滾滾江濤流不盡雲影天光萬里朝宗東入海
錦城通咫尺聽紛紛絲管送來此鳥聲花氣四時引興此登樓

望江樓　顧復初 幼耕

引袖拂寒星古意蒼茫看四壁雲山青來劍外
停琴竚涼月予懷浩渺送一篙春水綠到江南

桂湖　曾國藩 滌生

五千里秦棧蜀山我猶過客
三十頃荷花秋水想見伊人

潛西隨筆　卷二　四川

桂湖 在新都縣城中祀楊升菴先生

宰相狀元是我輩讀書本色惟名山著作獨標巨筆千秋斯當年蓬館高騫無慚簪纓世冑
忠臣孝子乃吾儒亘古綱常極邊徼犇馳尚餘丹心一點迄今日桂湖在望長留俎豆馨香

桂湖　李宗傳 孝曾

香樹植經名士手
澄湖清見宰官心

正一联，自注云：‘癸卯九月，使旋过新都县，张宜亭大令邀游桂湖。湖为明杨升庵旧址，约广三百亩，皆荷花，沿堤皆桂树。张君修葺楼阁，颇不俗，酒罢因题联语云。’”由此可知，曾国藩是道光二十三年（1843）九月二十一日由成都回北京时到的桂湖。新都知县张奉书得知消息，便到城外迎候。曾国藩到新都时已接近黄昏时分，张奉书设宴桂湖，热情款待这位完成使命的朝廷官员。

曾国藩来桂湖游赏，有《题桂湖》五言律诗五首和这副楹联传世。

【注释】

秦树蜀山：陕西、四川一带的树林和山岭，泛指由京入川经过的大好山河。

一万顷：夸张之词，但有力地渲染、烘托了桂湖的环境和气氛。

诗人：明指杨升庵，也暗指曾国藩自己，作者一语双关，可见气度不凡。

【讲解】

上联：我从北京到成都，经历了五千里大好山河。特别是由秦入蜀一段，山川险要，唐代大诗人李白《蜀道难》诗曾形容为“黄鹤之飞尚不得过，猿猱欲度愁攀援”。因此，秦树蜀山更给我留下了深刻印象。这次奉朝廷之命主持四川乡试，来去匆匆，我只不过是一位行路往来的“过客”罢了。“人为百年之过客”，联语亦有人生短促，各当奋进，为国建功立业的意味。

下联：来到桂湖，看那漫无边际的荷花秋水，真使我流连忘返。同时，也使我对桂湖昔日的主人、明朝著名诗人杨升庵产生了深切怀念之情。这里建有他的祠堂，塑有他的遗像，

他的功绩永远与桂湖同在。“一万顷”显系夸张之词，但有力地渲染、烘托了环境和气氛。

“诗人”，明指杨升庵，也暗指曾国藩自己，可见作者一语双关，气度不凡。

曾国藩在文学上颇有建树，名胜楹联做得尤为出色。这副楹联采用第一人称写法，通过叙事、写景、抒情给人以真实、亲切之感。它又采用夸张、对比等艺术手法，使此联气势磅礴，意境深远，文辞雅尚，脍炙人口：“我只是奔波于五千里秦树蜀山间的过客，杨升庵却是长存于一万顷荷花秋水中的诗人。”表达了作者的谦逊，又表达了对杨升庵的仰慕之情。联文为十一字句式，不顿不逗，一气呵成，读之铮铮有声，这在古今楹联中是极为少见的，可见曾国藩撰写名胜楹联的独有功力。惜原联久坏。

1937年，中央陆军军官学校西迁成都，校长关麟征将军曾来新都。他应县长罗远猷之请，补书曾国藩《桂湖》联。不知是钞本还是记忆之误，下联之“一万顷”写为“四十顷”，“中有诗人”写为“想见伊人”。幸好，原联见诸于多种对联书籍，得以流传。

【作者简介】

曾国藩：见本书第88页作者简介。

二

桂花露冷诗人梦；

菡萏香销过客魂。

清・佚名撰

【解题】

此联载清蜀西云水散人选辑《天下名胜楹联・四川・桂湖》九副之一。题为《桂

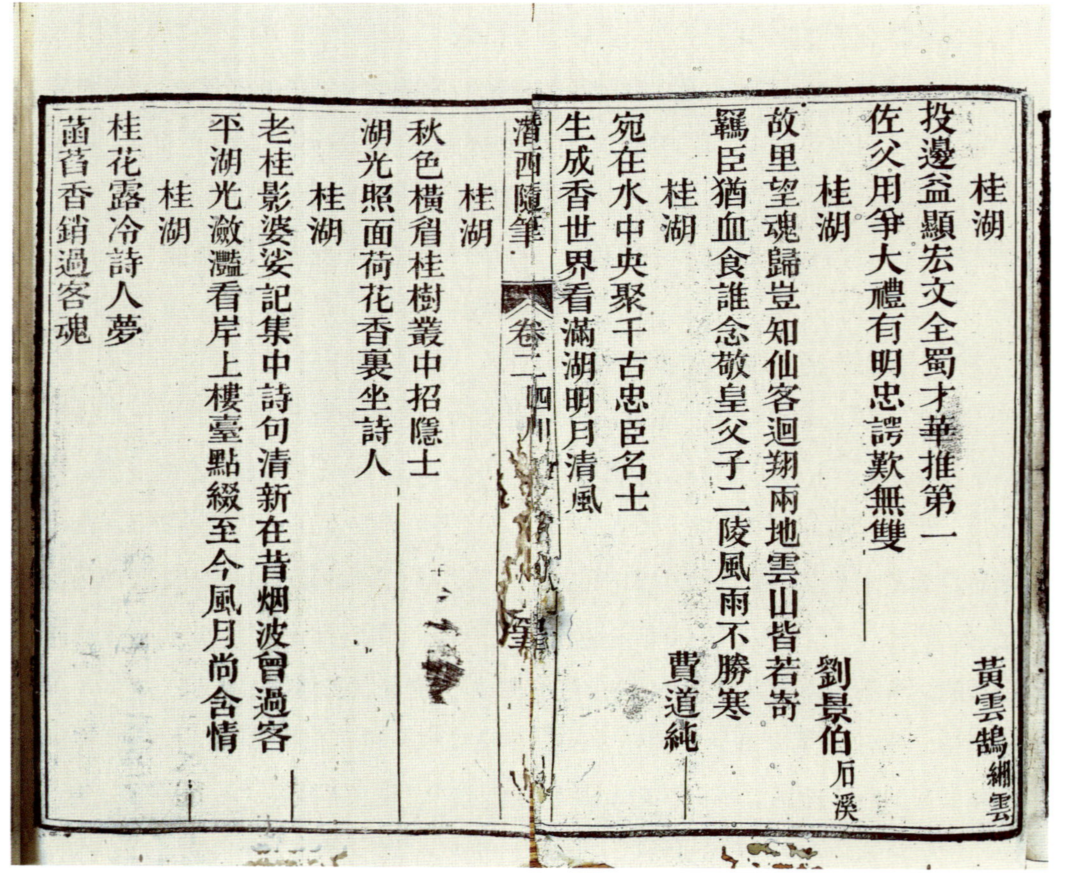
桂湖　黃雲鵠緗雲
投邊益顯宏文全蜀才華推第一
佐父用爭大禮有明忠讜歎無雙
桂湖　劉景伯岏溪
故里望魂歸豈知仙客迴翔兩地雲山皆若寄
羈臣猶血食誰念敬皇父子二陵風雨不勝寒
桂湖　費道純
宛在水中央聚千古忠臣名士
生成香世界看滿湖明月清風
潛西隨筆　卷二　四川
桂湖
秋色橫眉桂樹叢中招隱士
湖光照面荷花香裏坐詩人
桂湖
老桂影婆娑記集中詩句清新在昔烟波曾過客
平湖光瀲灩看岸上樓臺點綴至今風月尚含情
桂湖
桂花露冷詩人夢
菡萏香銷過客魂

湖》，作者失考。此联形象地赞美了桂湖的荷花和桂花。菡萏，即荷花。过客，指过路的人。李白《春夜宴从弟桃花园序》：“光阴者，百代之过客也。”

【讲解】

上联：桂树滴下的冷露，使陶醉的诗人清醒过来。

下联：荷花联发的清香，使来往的游客感到惬意。

三

二亩半在邑，二亩半在田，莫管是邑是田，海阔天空，一花一世界；

众香国里来，众香国里去，何如不来不去，神行官止，千树千菩提。

清·陈桐阶撰

【解题】

此联录自清人吴恭亨《对联话》卷四：“四川新都桂湖，陈桐阶联云：‘二亩半在邑，二亩半在田，莫管是邑是田，海阔天空，一花一世界；众香国里来，众香国里去，何如不来不去，神行官止，千树千菩提。’按桂湖以荷花得名，文正诗所谓‘十里荷花海’是也。文正题联亦有‘一万顷荷花秋水’句，然似都不及此联之以佛偈诠文言，字字倚天拔地，亦字字啸龙吟虎，工妙真无与敌。”

此联的显著特色是把佛教偈语融入联中，出句奇丽，颇富妙理，在对联中别具一格。

【注释】

二亩半：为桂湖面积的约数，并非实数。

海阔天空：比喻没有约束或限制。

一花一世界：佛教认为一粒米中有乾坤，一朵莲花即是一个世界。见《法华经》：“佛土生五色莲，一花一世界，一叶一如来。”

众香国：佛经说，有国名众香，其楼阁苑囿皆香，香气周流十方无量世界。

神行官止：精神在活动，感官已消失。

菩提：佛教指觉悟的境界。

【讲解】

上联：桂湖一半在城边，一半在田野，不管它怎样，无拘无束，湖上的一朵莲花，就是一个世界。

下联：我来到这处芳香园林，又离开这处芳香园林，不如永远停在这儿，湖畔的一千株树，就有一千种使人觉悟的境界。

【作者简介】

陈桐阶：号逢元，湖南大庸人，晚清时曾任四川道员。善作楹联，奇气纵横，读之有酣畅淋漓，年甫五十，竟以过量饮酒客死异乡。陈桐阶与《对联话》作者吴恭亨私交甚笃，《对联话》载其对联十余副。

谢公祠（三副）

一

率敝赋以相从，练牌护炮，功贯北阙屏藩，天堑津门雄保障；
临大节而不夺，予谥晋衔，祠并南荒俎豆，桂湖秋水永馨香。

清·何元普撰书

【解题】

谢公祠即沉霞榭。清道光十九年（1839），张奉书建沉霞榭于湖西水中的土台上，因旭日东升、夕阳西下，彩霞映水而名。清咸丰四年（1854）曾更名“谢公祠”，祀奉新都人谢子澄。

谢子澄（1810—1852）：字静江，号云舫，成都府新都县（今成都市新都区）人。道光十二年（1832）举人，大挑一等，拣发知县。历官直隶青县、静海、邯郸、卢龙、滦州、无极等县。所至皆有惠政。咸丰三年（1852）调天津，论疏运道功，擢直隶州知州，留视县事。时太平天国义军由河南进攻山西、河北，乃募津勇三千余人拒之，战死。事闻清廷，加布政使衔，赐谥忠愍，建专祠于新都桂湖。清道光《新都县志》卷十五《艺文补》，有刘景伯《谢忠愍公传》、李榕《谢忠愍公死事状》。

【作者简介】

何元普（1829—1902）：字芝亭，号麓生，又号金台山樵，清代四川省金堂县城厢（今属成都市青白江区）人。咸丰十年（1860）英法联军占领天津，何元普以户部郎中从戎，屡立军功。同治初年擢升湖北荆宜施道道员，同治六年（1867）继任甘肃安肃道道员。他擅长诗文书法，撰书宝光寺大雄宝殿联名扬宇内。著有《麓生诗文集》《藏豹山房诗文集》《静斋新集》《静斋手书楹帖存稿》等。

附录：

桂湖谢忠愍公祠联记

何元普

咸丰初，粤逆犯顺，势甚披猖。公守津门，练乡兵以藤牌制胜，逆不得逞。时帅嫉其能，忌其功，思中伤之。公弗顾，益忠勇自奋，卒以孤军义援炮队，力竭陷阵。事闻，天威震悼，予谥忠愍，晋衔方伯，荫袭羽林，专祠血食，与先贤杨升庵先生并祀祠右。粟香毅魄，苹藻清流，何其荣也。噫！丈夫读书许国，上马杀贼，见危致命，可云无愧！

回忆道光甲辰，随宦保阳，以父执礼，识公伟度。嗣庚申留守，

桂湖謝忠愍公祠聯記

咸豐初粵逆犯順勢甚披猖公守津門練鄉兵以藤牌制勝逆不得逞時帥嫉其能忌其功思中傷之公弗顧益忠勇自奮卒以孤軍義援礮隊力竭陷陣事聞天威震悼予謚忠愍晉銜方伯廕襲羽林專祠血食與先賢楊升菴先生並祀祠右粟香毅魄蘋藻清流何其榮也噫丈夫讀書許國上馬殺賊見危致命可云無愧回憶道光甲辰隨宦保陽以父執禮識公偉度嗣庚申留守樹幟農曹所部津勇猶有出公麾下者道公軼事娓娓至臨難不避情狀眉色飛舞聲淚俱墮並聞津祠香火尤盛余忝葉末有年幾度過祠未申積愫桂馨一水公獨千秋瞻拜遺像有餘慕焉撰聯奉獻並誌今昔之感云　聯云率敝賦以相從練牌護礮功冠北闕屏藩天塹津門雄保障臨大節而不奪予謚晉銜祠並南荒俎豆桂

树帜农曹，所部津勇，犹有出公麾下者，道公轶事娓娓。至临难不避情状，眉色飞舞，声泪俱堕，并闻津祠香火尤盛。余忝莩末有年，几度过祠，未申积悰。

桂馨一水，公独千秋；瞻拜遗像，有余慕焉！撰联奉献，并志今昔之感云。

联云：

率敝赋以相从，练牌护炮，功贯北阙屏藩，天堑津门雄保障；

临大节而不夺，予谥晋衔，祠并南荒俎豆，桂湖秋水永馨香。

（摘自何元普《藏豹山房诗文集》）

二

六月荷花八月桂；

杨公故宅谢公祠。

清・梁曦初撰书

【解题】

咸丰三年（1852）太平天国义军攻天津，谢子澄战死。清廷加布政使衔，赐谥忠愍，建专祠于新都桂湖，梁曦初作此联。联语属对工稳，平白如话。上联突出桂湖景物中有名的两种花卉：六月的荷花、八月的桂花；下联突出桂湖人物中有关的两处建筑：杨公（升庵）的故宅、谢公（子澄）的祠堂。

【作者简介】

梁曦初（1821—1879），名景先，陕西三原人。清道光二十五年（1845）进士，历官工部主事、浙江道御史、河南道御史、福建兴化知府。

三

宛在水中央，聚千古名士忠臣人两个；

生成香世界，看满湖春风秋月花四时。

清・费道纯撰书

【解题】

此联载吴恭亨《对联话》卷三："又，费道纯题新都杨升庵桂湖联，挺拔亦不减曾文正作。附录之：'宛在水中央，聚千古名士忠臣人两个；生成香世界，看满湖春风秋月花四时。'"

此联又载民国初年胡君复所编的《古今联语汇选》，还载清蜀西云水散人选辑《天下名胜楹联·四川·桂湖》九副之一，题为《桂湖》。联文有异："宛在水中央，聚千古忠臣名士；生成香世界，看满湖明月春风。"

【注释】

名士忠臣：即指杨升庵和谢子澄。

【讲解】

上联：升庵祠和谢公祠都修筑在桂湖水中央，桂湖把历史上的名士杨升庵和忠臣谢子澄两个人聚在一起了。

下联：桂湖已成为芳香的世界，无论在春风中还是在秋月下，这里一年四季都有常开之花。

【作者简介】

费道纯（？—1908）：字竹心，保宁府阆中县（今南充市阆中市）人。清光绪十五年（1889）进士，授内阁中书，赠内阁学士，二十八年（1902）分发河南以道员候补。光绪三十三年（1907）任川汉铁路有限公司驻宜第一任总理。他就任后便与勘测队员一起出山川，进河谷，风餐露宿，尽职尽责。光绪三十四年（1908）八月，他在勘测兴山路段时染病暴卒。

升庵祠（四副）

一

故里望魂归，岂知仙客回翔，两地云山皆若寄；
羁臣犹血食，谁念敬皇父子，二陵风雨不胜寒。

清・刘景伯撰

【解题】

此联载清蜀西云水散人选辑《天下名胜楹联・四川・桂湖》九副之一。题为《桂湖》。作者署刘景伯。又载民国初年胡君复所编的《古今联语汇选》。

刘景伯时为新都县教谕，桂湖是他管辖之地，感受尤深。故所撰楹联不落俗套，别开生面。

【注释】

仙客：指杨升庵。明代翰林院有金马玉堂之称，故将翰林喻为玉堂神仙、仙客。

回翔：古代官员升迁变动的借用词。杨升庵授翰林院修撰、任经筵讲官、谪戍永昌卫，说明其回翔的历程。

若寄：指人的生命短促，就像暂时寄居在人世间一样。晋陶潜《荣木》诗："人生若寄，憔悴有时。"

羁臣：犯罪而限制人身自由的臣子。

血食：古时杀牲取血，用以祭祀。

敬皇：指明嘉靖皇帝朱厚熜的父亲朱祐杬。嘉靖十七年（1538），其子世宗朱厚熜为他加上尊谥曰："知天守道宏德渊仁宽穆纯圣恭俭敬文献皇帝。"简称敬皇。

二陵：指埋葬朱祐杬的显陵和埋葬朱厚熜的永陵。

【讲解】

上联：杨升庵的故乡盼望着他的魂魄归来，哪知道那魂魄像仙客一样在空中回翔不定，四川和云南两地的美丽山川都把他当亲人对待。云南是杨升庵的第二故乡，明嘉靖三年（1524），杨升庵因“议大礼”案获罪谪戍云南，在那里度过了光辉的后半生。他孜孜不倦，著书立说，振兴教育，传播文化，为云南各族人民做了大量好事。早在明万历年间，云南人民即在风景秀美的昆明西山高尧、杨升庵寓居过的碧尧精舍为其建祠塑像。

下联：杨升庵这位犯罪充军的臣子去世了，还没有被遗忘，享受着后人的祭祀，但谁还记得起贵为封建帝王的朱祐杬、朱厚熜父子二人呢？他们在世时滥施淫威，为所欲为，而死了后，埋葬他们尸骨的显陵和永陵，却一直受着风吹雨淋，无人过问，比起杨升庵的祠堂来，显得多么冷清啊。

这副楹联有两个显著特色：一是描写上采用对比手法，上联以杨升庵生活的两处地方故里四川和谪戍地云南相对比，下联以“议大礼”案的两派中心人物杨升庵和敬皇父子相对比，表达了作者对杨升庵的怀念和崇敬，对嘉靖皇帝的厌弃和嘲讽。二是构思巧妙，具有丰富的想象力，联语没有费大量笔墨去罗列杨升庵为后世留下的丰功伟绩，乃以“故里望魂归”这个侧面来衬托人民对杨升庵的深切怀念。联语也没有去阐述复杂纷繁、导致杨升庵政治失意的“议大礼”事件，而以“羁臣犹血食”的客观事实来说明，以历史的观点讲，真正取得胜利的是杨升庵而不是敬皇父子。从这些丰富的想像中，体现了作者爱憎分明的思想感情。

【作者简介】

刘景伯（1793—？）：号讷斋，又号石溪居士，清代四川内江人。清道光二年（1822）举人，咸丰元年（1851）任新都县教谕，性诚厚，好读书，工诗古文辞；重视教育，播扬文风，保护新都地方名胜。著有《春秋提纲》《春秋析疑》《枕经堂文集》《蜀龟鉴》等。

二

率数十人伏哭阙廷，万里穷荒，壮岁婴鳞终老去；

粤三百载重开胜地，满湖风月，吟魂化鹤应归来。

清·刘韵珂撰

【 解题 】

道光十九年（1839），新都知县张奉书重修桂湖，建升祠。祠成，张奉书请四川布政使刘韵珂撰书了此联。这副楹联上联追昔，写杨升庵一生的不幸遭遇；下联抚今，写桂湖三百多年的景物变化。联语有叙述、有议论、有感慨，寓情于景、情景交融，体现了作者对杨升庵的同情、赞赏、崇敬和怀念之情。此联为升庵祠最早、最有代表性的佳联。

导致杨升庵被贬官、充军的“议大礼”案：明正德十六年，武宗朱厚照死后无子，由其堂弟朱厚熜继承皇位，即世宗嘉靖皇帝。世宗不顾明朝的宗法礼制，把其父兴献王尊为“皇考”，享祀太庙，遭到杨廷和、杨升庵父子等二百多位大臣的反对。嘉靖三年（1524）七月，杨升庵两上议大礼疏，并带领群臣跪门哭泣，终被下狱，两受廷杖，毙而复苏，谪戍云南永昌卫。同事死者、配者、黜者、左迁者一百零八人，震惊朝野，历时三年的“议大礼”案终以皇帝取胜而结束。

【 注释 】

婴鳞：触犯逆鳞，比喻臣子因进言而触怒皇帝。语本《韩非子·说难》：“夫龙之为虫也，柔可狎而骑也；然其喉下有逆鳞径尺，若人有婴之者，则必杀人。人主亦有逆鳞，说者能无婴人主之逆鳞则几矣。”

粤：语气词，多用于句首，没有实在意义。

化鹤：晋代陶渊明《搜神后记》卷一载的一则古代神话说，辽东人丁令威，在灵虚山学道，后来变成一只鹤飞回故乡。宋代黄庭坚《戏书秦少游壁》诗：“丁令威，化作辽东白鹤归。”后以化鹤比喻成仙，也作为死亡的代称。

【 讲解 】

上联：杨升庵带领数十人跪伏在皇宫的左顺门大哭，劝谏嘉靖皇帝，嘉靖恼羞成怒，将杨升庵等人抓捕下狱，施以廷杖，谪贬充军，使这位正当壮年的触犯了皇帝逆鳞的臣子终于老死在万里穷荒的云南边疆。

下联：杨升庵逝世距现在将近三百年，家乡的人民重兴桂湖这处名胜之地，并在桂湖内为他修建祠堂。面对满湖的秀丽风光，杨升庵这位伟大诗人之魂应该化为仙鹤飞回故乡来了。

【 作者简介 】

刘韵珂（1791—1864），字玉坡，号荷樵，山东汶上人。由拔贡授刑部七品京官，迁郎中。清道光八年（1828）出为安徽徽州知府，调安庆知府。历任云南盐法道，浙江巡抚，广西按察使，四川布政使，闽浙总督。

三

凤阙笃忠贞，砥节砺名，报国文章传后世；

龙门殷暮景，居今稽古，何年人物似先生。

清·吴鸿恩撰

【解题】

清光绪二十七年（1901），吴鸿恩接受新都知县曾洪斋的邀请来新都，他将家藏杨升庵墨迹作为见面礼。曾洪斋喜得珍贵墨宝，即将其刻石于桂湖。吴鸿恩非常崇敬乡土先贤杨升庵的气节文章，游罢桂湖和升庵祠，特撰写了这副楹联。

【注释】

凤阙：汉代宫阙名，后用为宫室的通称。

砥节砺名：磨炼节操和名声。

龙门：即龙门山，在新都县南，代指新都。

居今稽古；从现代追溯到古代。

【讲解】

上联：杨升庵对朝廷无限忠诚坚贞，对自己特别注重节操和名声，他的大量著述，上报国家，下传后世。

下联：家乡为死去的杨升庵建祠塑像，受到万人景仰，从现代追溯到古代，什么时候有像杨升庵先生那样的人物呢？

【作者简介】

吴鸿恩（1829—1903）：字泽民，号春海，四川铜梁（今属重庆市铜梁区）人。清同治元年（1862）进士，选翰林院庶吉士，授编修，任国史馆纂修。后出任云南监察御史、广西平乐知府、山西冀宁道布政使等。光绪二十六年（1900）九月辞官回乡，聘掌成都少城书院，新都龙门书院。著有《春圃诗钞》《不及斋文集》等。

四

手持一疏撼天门，大义所关，是孝子忠臣迫不得已之事；
豪吟千载留风月，先生何处，怅蛮烟绝徼犹有未传之书。

清・李有恒撰

【 解题 】

此联对杨升庵主持正义、敢与皇帝抗争的气节表示赞赏，对杨升庵充军边地、不少著述失传的境遇感到惋惜。

【 注释 】

疏：呈给皇帝的奏章。

天门：皇帝宫殿的大门。

蛮烟绝徼：旧指文化落后的僻远地方，如明代的云南边地。

【 讲解 】

上联：杨升庵手持“议大礼”的奏章，邀集群臣请愿，声震皇宫大门，这种关乎大义的行为，是作忠臣和孝子的人迫不得已干出来的。

下联：升庵先生豪吟千百年，留下美丽的桂湖景物，他现在在哪儿呀？更使人惆怅的是，在他充军的荒凉边塞，还有许多没有被流传下来的著作。

【 作者简介 】

李有恒（1832—1880）：字南富，号子政，湖南新化人。清咸丰四年（1854）参加湘军，从哨官、营官、游击、参将升至总兵。督兵二十余载，转战数省，为曾国藩、胡林翼、骆秉章等赏识，后任四川提督。光绪六年（1880）十月十四日，因“东乡血案”被清廷处决。死后不久平反，重修墓园。顾复初撰书《清故提督李君墓志铭》。

桂湖公园（五副）

一

旁人错比扬雄宅；

过客难登谢朓楼。

集唐杜甫、李白句

【解题】

1927年，新都县政府将桂湖改建为桂湖公园。迁走桂湖大门外的几户民居，使桂湖公园大门紧邻街面。桂湖公园内增刻了一些楹联，今收集到的有此联和以下四副。

此联以扬雄宅和谢朓楼比喻桂湖公园。上联集自唐朝诗人杜甫七律诗《堂成》尾联“旁人错比扬雄宅，懒惰无心作解嘲”的上句。下联集自唐朝诗人李白七律诗《寄崔侍御》颈联“高人屡解陈蕃榻，过客难登谢朓楼”的下句。

【注释】

扬雄（前53—后18）：字子云，西汉蜀郡郫县（今四川省成都市郫都区）人，著名辞赋家、思想家。著有《法言》《太玄》等。

扬雄宅：《汉书·扬雄传》载，扬雄先人在岷山之阳“有田一廛，有宅一区”。今成都市新都区毗邻的郫都区有扬雄墓，绵阳市西山有子云亭。

谢朓（464—499）：字玄晖，南朝齐陈郡阳夏（今河南省太康县）人，著名诗人，曾任宣城太守，后被诬陷下狱致死。

谢朓楼：安徽宣城的一座著名楼阁，为宣城父老纪念谢朓而建。

【讲解】

上联：一般百姓错误地把升庵桂湖比喻为扬雄的故居，扬雄与杨慎同姓（羊、杨、扬、阳本一姓）同里，同为文学家，但扬雄宅久废，现在子云亭的规模远不及桂湖。

下联：来往的客人少有机会登谢朓楼，但能到桂湖来凭吊与谢朓遭遇相仿的杨升庵。

二

城隅小寄灵踪，要自有精卓不磨，乃共岷流峨峙；
军暇偶来游目，愿今后樵苏毋禁，长矜柳垄商闾。

邓锡侯撰　林思进书

【 解题 】

20世纪30年代初，邓锡侯来桂湖游览。后刻挂此联，署名邓锡侯，实为邓锡侯请蜀中名士林思进撰并书。楹联今不存。

【 注释 】

城隅：城角，桂湖在新都城西南角。

灵踪：威显的足迹。

精卓不磨：精诚卓识不减退。

岷流峨峙：长流的岷江和高耸的峨眉山。

游目：游览顾盼。

樵苏毋禁：打柴割草（做饭）不受限制，即使人民安居乐业的意思。

矜：自夸。

柳垄商闾：柳垄指汉周亚夫的细柳营，喻纪律严明的军营；商闾即商屯之地，明初为筹措西北边军粮饷，盐商招募农民在边境开荒。此自诩为纪律严明，靠屯垦获得粮饷的军队。

【 讲解 】

上联：城角的桂湖暂留下我威显的足迹，自己要具有不朽的精诚卓识，就像那长流的岷江、高耸的峨眉山一样。

下联：军务稍闲，偶尔来新都游览，愿今后人民都安居乐业，长夸我这支纪律严明，屯田种粮的军队。

【作者简介】

邓锡侯（1888—1964）：字晋康，四川营山人。历任护国军营长，川军团长、师长、军长、集团军总司令，国民政府四川省主席，川康绥靖公署主任；1937年率部出川抗战，1949年在彭县率部起义，1955年荣获一级解放勋章；历任西南行政委员会副主席兼中央水利部部长、四川省副省长等职。

林思进（1874—1953）：字山腴，晚号清寂翁，四川华阳人。清光绪年间举人，官内阁中书。后任成都府中学堂监督，四川省立图书馆馆长，成都高等师范学堂、华西大学、成都大学、四川大学教授，四川省通志馆总纂。1949年任川西行署参事，1952年任四川省文史研究馆副馆长。著有《中国文学概要》《清寂堂集》《吴游录》《华阳人物志》等。

三

湖上此清游，难忘夏日荷，秋日桂；

楼中谁寄兴，应许今日蒋，昔时杨。

蒋恬公撰

【解题】

此联上联写景，突出桂湖最有特色的荷花和桂花。下联记游，突出与桂湖有关的历史人物杨升庵和今日来游的作者蒋恬公。蒋为军中幕僚，与杨升庵相提并论，真自负不凡。

【注释】

上联：到桂湖这儿来闲游，令人难忘夏天的荷花和秋天的桂花。

下联：这里有谁来寄托兴致，应该算是现在的我蒋某和过去的杨升庵。

【作者简介】

蒋恬公：四川新都人，曾任新都县民众教育馆馆长

四

荷花香罢桂摇秋，好风月，尽勾留。酒不招李翰林，诗不和杜工部，睹一龛肖像，我激起谏诤精诚！蛮烟瘴雨砺贞操，况贬潮韩愈，转成化蜀文翁。系忠义于平湖，数百载仰言表行坊，何须问浩浩洞庭，沉沉西子。

衣带缓时人欲倦，臭皮囊，勤摆脱。官莫寻谢知县，将莫遇马威侯，叹满地疮痍，谁有个痌瘝怀抱？落日浮云装幻境，恐哭汉贾生，犹似投江屈老。拜宝光而绕塔，十三层皆禅门觉路，再休管年年芳草，夜夜啼鹃。

游俊撰

【解题】

此联为桂湖最长的楹联，160字一气呵成。联语寓景叙事，用词雅尚，寄情深厚，气韵沉雄。作者描绘桂湖美景，赞颂升庵业绩，更敢于面对社会现实，揭露当时世态，抒发真挚情怀。作者胸襟广阔，联语流畅，旁征博引，蔚然大观，堪称中华联艺佳作。

上联以夏日荷花、金秋桂花引入桂湖美景，以酒仙李白、诗圣杜甫想到桂湖主人。目睹升庵祠的杨升庵塑像，又想到他因“议大礼”犯颜直谏，充军云南，与因《谏佛骨疏》而被流放的韩愈境遇何其相似。因为杨升庵，桂湖的声望超过了洞庭湖和西湖。下联以人世间名利险恶、宦海沉浮立论，用桂湖谢公祠、新都马超墓的典故，以战国屈原、汉代贾谊为鉴，慨叹人去物非。最后以拜佛绕塔结束，证实佛教所言“四大皆空”之理。

【注释】

李翰林：即李白，唐玄宗天宝初年，因吴筠等人推荐，李白曾被召为供奉翰林。后世誉为“酒仙”“诗仙”。

杜工部：即杜甫。唐肃宗时，经严武表奏，曾任工部员外郎。后世誉为“诗圣”。

肖像：指桂湖升庵祠内龛中的杨升庵塑像，1966年被毁，1982年重塑。

谏诤：向皇帝进忠直之言。指明嘉靖三年，升庵因“议大礼”跪门哭谏，两遭廷杖，死而复苏，被谪戍云南永昌卫事。

蛮烟瘴雨：指永昌卫当时偏荒、恶劣的环境。瘴，南方丛林中一种湿热有毒、可致人疾病的气体。

贬潮韩愈：唐宪宗时，韩愈曾因谏阻迎佛骨事，被贬到广东潮州。

化蜀文翁：使蜀地文化教育事业得到发展的文翁。文翁，汉景帝时为蜀郡太守，他修官学、兴教化，使蜀地文学比于齐鲁。

言表行坊：可以作为榜样的言行，表指标杆，坊指牌坊。

衣带缓时：衣带松缓，比喻身体瘦了。宋代柳永《凤栖梧》词："衣带渐宽终不悔，为伊消得人憔悴。"

臭皮囊：指人的躯壳。旧时道家认为人的躯体中包藏各种秽臭之物。

谢知县：指抵御太平天国阵亡的天津知县、新都人谢知澄，桂湖沉霞榭曾改建为谢公祠。

马威侯：蜀汉名将马超，谥封威候，新都城南三里（今马超西路）有其墓，今毁。

疮痍：创伤，比喻人民疾苦。

痌瘝（tōng guān）怀抱：把人民的疾苦放在心里。痌瘝，指病痛，比喻疾苦。

哭汉贾生：在汉代因忧郁而经常痛哭的贾谊。贾谊由长沙王太傅改任梁怀王太傅不久，梁怀王不幸从马上摔死，贾谊自伤失职，常哭泣，逾年亦死。

投江屈老：楚怀王时，三闾大夫屈原无法实现自己的政治抱负，遂投汨罗江而死。

宝光：宝光寺，在新都城北，为全国著名佛教禅宗丛林，寺中有十三层砖塔。

禅门觉路：佛教禅宗指成佛之路。

芳草：盛夏之草，古人见夏草茂盛而惜其将衰。

啼鹃：悲啼的杜鹃，传说古蜀王杜宇失去王位，悲愤而死，其魂化为杜鹃，日夜悲啼，泣血乃止。古人听杜鹃啼叫而怜杜宇之不幸。

【讲解】

上联：荷花的芬芳过了桂花又在秋光中摇曳，天地美景，都汇于此。我置身这样的环境，饮酒不敢与"饮中八仙"的李白较量，吟诗不敢与称为诗圣的杜甫唱和。望着升庵祠中那龛升庵塑像，我被他敢于对皇帝直言的一片诚心所激动。云南边地恶劣的自然环境，更磨炼了升庵忠贞的品德，他在朝廷的遭遇好比被贬谪到潮州的韩愈；他在云南的功绩，又变成使蜀地文化教育事业得到发展的文翁。秋水盈盈的桂湖盛满了他一生的忠诚和正义，几百年人们一直景仰他那可以作为榜样的言行，又何必去询问浩浩的洞庭湖、澄澄的西子湖呢？

下联：身体消瘦了，人更容易感到疲倦，像臭皮囊一样的躯体，宜尽快地摆脱事情纠缠。做文官不要像谢子澄，被打死在外地；作武将不要像马超，被埋葬在异乡。我叹息满地创伤，谁把人们的疾苦放在心上？腐败的社会，像落日浮云装饰着虚幻的美景。我好像汉代那位经常痛哭的贾谊，又好像楚国那位投汨罗江而死的屈原。我进宝光寺绕塔而拜塔，那塔的十三层都是通往成佛的门径和道路，再不要去管每年一荣一枯的草木，每夜泣血哀鸣的杜鹃了。

【 作者简介 】

游俊（1884—1951）：字子明，号道隆，晚年因患目疾，改号盲禅，四川永川县（今重庆市永川区）人。早年毕业于永川中学、四川藏文学堂，1919年任永川中学学监，1924年任彭县知事，1935年任天全县县长。游俊为官清正，与共产党人士车耀先、刘伯承等多有交往，后因目疾还乡，族人敬其德推为族长。他平生研习诗文，兼治书画，对联尤佳，今成都武侯祠尚存其撰书“两表酬三顾，一对足千秋”名联。

五

红日当空，东风四起，吹拂桂花香世界；
紫霞映水，明月一轮，照耀湖波浸楼台。

赖福连撰　闵虚谷书

【 解题 】

此联作于1963年，描绘了升庵桂湖桂蕊飘香时，白天和傍晚的景色。联文当时备受赞赏。楹联今不存。

【 作者简介 】

赖福连、闵虚谷：见本书第6页作者简介。

杨升庵纪念馆（七副）

一

终生谪戍；

一代儒宗。

毛书贤撰书

【解题】

新都桂湖，为明代杨升庵故居和游憩处，清道光十九年（1839）在湖上建升庵祠。中华人民共和国成立后不久，新都文教部门即筹建杨升庵纪念馆。1958年3月，党中央在成都召开工作会议。会议期间，毛主席圈阅了28位唐宋明朝诗人歌咏四川的诗词65首。其中明朝人写的诗共18首，有杨升庵6首，黄峨1首。在此推动下，1959年10月，杨升庵纪念馆建成。

【匾额概述】

早在1957年3月，朱德等中央领导曾视察新都宝光寺和桂湖，指示要搞好杨升庵纪念馆的筹建工作，并提出在新都这两处名胜要发展千株桂、万盆兰的意见。1962年4月1日，朱德再次到新都视察，在桂湖参观杨升庵纪念馆的陈列展览，对进一步搞好杨升庵纪念馆

工作作出重要指示。1962年5月，朱德为杨升庵纪念馆题写馆名，并刻成匾额悬挂于桂湖升庵祠。“杨升庵纪念馆”匾额被毁。现在的“杨升庵纪念馆”匾额，为1985年补刻。朱德书法原件，现保存在新都杨升庵博物馆。

朱德（1886—1976）：字玉阶，四川仪陇人，中国共产党、中国人民解放军和中华人民共和国的主要缔造者和领导人之一。中华人民共和国十大元帅之首，伟大的无产阶级革命家、军事家、政治家。中华人民共和国成立后，历任中央人民政府副主席、中共中央军事委员会副主席、中国人民解放军总司令、中华人民共和国副主席、国防委员会副主席、中央政治局常务委员、全国人大常委会委员长等。

朱德委员长擅长诗文书法。“杨升庵纪念馆”匾额，长410厘米、宽90厘米，字体楷书，笔墨流畅，雄健有力，显示出他当年驰骋疆场的非凡气度和雄才胆略。1992年，此匾被载入《中华名匾》。

二

祠宇焕城闉，介濯锦、浣花之间，风月满湖著清白；
姓名光简册，继谪仙、坡老而起，文章一样见精神。

毛书贤撰书

【解题】

此联毛书贤撰书于1961年3月，他以丰厚的笔墨赞美杨升庵纪念馆的建成，肯定杨升庵的历史地位。

【注释】

濯锦、浣花：成都的濯锦江和浣花溪，唐代诗人薛涛和杜甫的故居分别在其附近。

谪仙、坡老：唐代大诗人李白称为谪仙人，宋代大文豪苏轼号东坡居士，亦称坡老。

【讲解】

上联：升庵祠使新都城生辉，它坐落在距濯锦江和浣花溪不远的桂湖；那满湖瑰丽的景色，正象征着杨升庵的高风亮节。

下联：杨升庵的姓名光耀史册，他是继李白、苏轼之后诞生的蜀中名人，他的文章也与李、苏的文章一样光芒万丈，流传后世。

【作者简介】

毛书贤（1881—1962）：字子猷，号楷园老人，四川奉节（今重庆市奉节县）人，清末拔贡，曾任四川省通志局采访、文献委员、中学教师，1953年被聘为四川省文史馆馆员。书法擅长篆、楷，书风稳健浑厚。

三

戍永昌卫，别新都乡，无计赋归来，久道自成滇海化；

因故宅基，建纪念馆，等身留著述，景贤共仰桂湖名。

陈云诰撰书

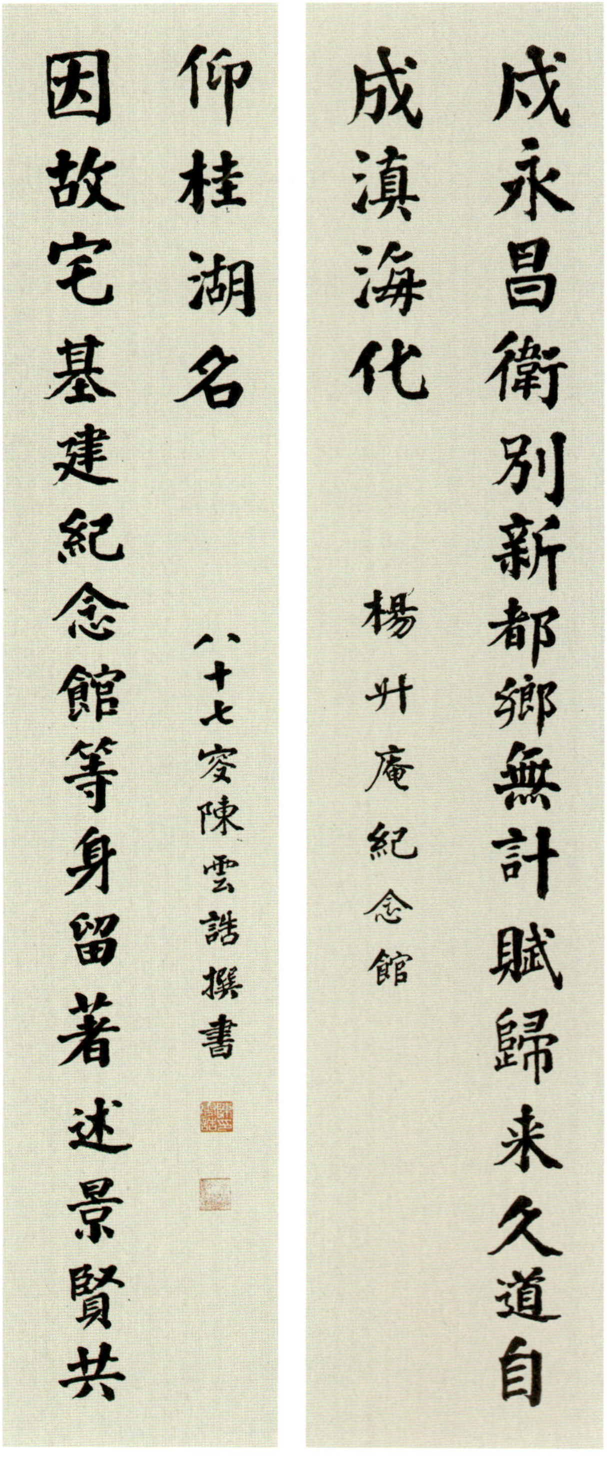

【解题】

1964年，陈云诰来新都桂湖，为杨升庵纪念馆撰书此联，作者时年87岁。联语介绍了杨升庵的生平业绩和建桂湖纪念馆的缘由。

【 注释 】

永昌卫：杨升庵谪戍之地，在今云南保山市。

等身留著述：形容著述极多，叠起来有人那么高。

【 讲解 】

上联：杨升庵谪戍永昌卫，离别新都故乡，没有办法回来，时间一久，云南成了他的第二故乡。

下联：现在以杨升庵的故居遗址，为他建立纪念馆，他一生为后世留下极多的著述，我们景仰这位乡土名人，他居住过的桂湖也会更加有名。

【 作者简介 】

陈云诰（1878—？）：河北易县人，清末翰林，擅长古文及书法。1951年7月，被聘为首批中央文史研究馆馆员。1956年他与章士钊、溥雪斋等人在北京创立“中国书法研究社”，培养出启功、刘炳森等一批著名书法家。

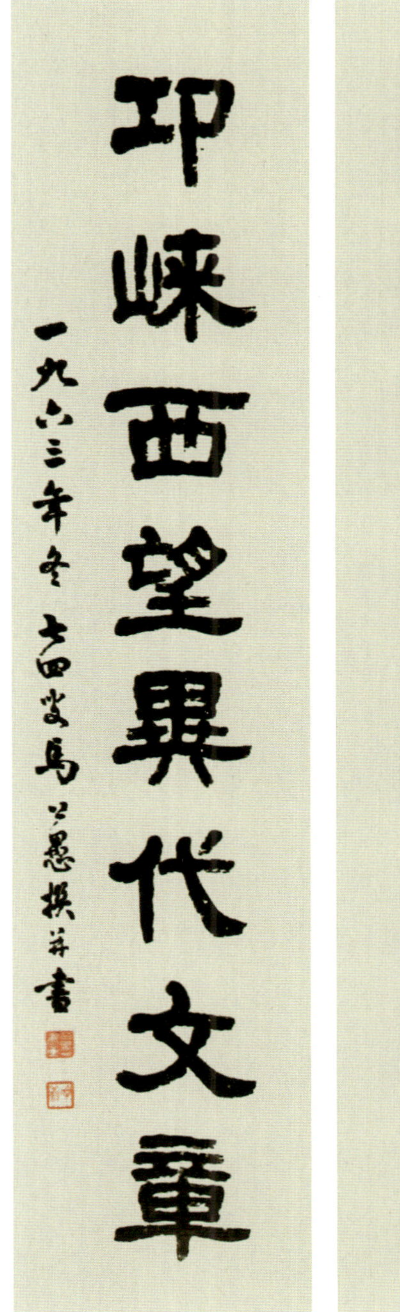

四

滇海南流，毕生战斗；

邛崃西望，异代文章。

马公愚撰书

【解题】

此联作于1963年冬，作者时年74岁。联语称颂了杨升庵在云南文化上的功绩，并把他与汉朝曾通西南夷的文学家司马相如相比。相如成都人，与妻卓文君曾居临邛（今邛崃市）。

【讲解】

上联：滇池不断南流，杨升庵直到老死都在云南著书讲学。

下联：西望邛崃山，明代杨升庵的文采才华可与汉代司马相如媲美。

【作者简介】

马公愚（1890—1969）：名范，字公驭，晚号冷翁，畊石簃主，浙江温州人。幼承家学，曾师承孙诒让，后就读温州府中学堂、浙江高等学堂。曾任上海美专教授，创办中国艺术专科学校。中华人民共和国成立后，他任上海文史馆馆员，素有“艺苑全才”之誉，著有《书法史》《公愚印谱》《畊石簃墨痕》等。

五

被杖谪滇南，荷桂至今香更远；

著书遗蜀北，丹铅终古仰弥高。

黄德彰撰书

【解题】

此联作于1963年，称颂了杨升庵的高风亮节以及他对后世的贡献和影响。丹铅，指杨升庵著的《丹铅总录》，此处泛指他的所有著述。

【讲解】

上联：杨升庵被廷杖后谪戍云南，有功于人民，他所喜爱的荷花、桂花也像他的名声一样香得更远了。

下联：杨升庵的著述流传后世，越来越显示其珍贵，受到高度评价。

【 作者简介 】

黄德彰：见本书第101页作者简介。

六

放逐半生，历经风雨，剩一林桂树，引游人抬头凝想；

撰成千卷，包纳古今，铺几步石阶，供后学垫脚攀登。

黄纯尧撰书

【 解题 】

此联作于1985年。上款署“杨升庵先生祠落成纪念”，下款署“乙丑黄纯尧撰并书”。

【 作者简介 】

黄纯尧（1925—2007）：四川成都人。早年师承徐悲鸿、黄君璧、谢稚柳、傅抱石诸大家，1947年毕业于国立中央大学艺术系，后任南京师范大学美术系教授，离休回到成都，任教于四川教育学院、四川大学；曾任中国美协会员，江苏美协副秘书长，四川省文史馆馆员，四川省诗书画院艺术顾问，四川省政协书画院副院长等。

七

五百年名世挺生，望隆巴蜀，秀毓岷峨，那堪遭际多艰，谪降到遐荒，白象金鸡，肠断相思怜伉俪；

数千里他乡客死，空富简编，仅归骸骨，且幸风流未泯，凭依犹得所，红蕖丹桂，神游故国荐馨香。

梁伯言撰书

【解题】

此联上款署："重游桂湖谒升庵祠，参观文物，书志敬仰。"下款署："一九八一年岁次辛酉仲秋月中浣，梁伯言敬撰并书。"上联赞颂杨升庵的崇高气节，怜悯他们夫妻的离散之苦。下联描写杨升庵晚年的境遇，表达后人对他的怀念。

【注释】

五百年：杨升庵生于1488年，距今五百年左右。

巴蜀：巴和蜀均为周朝国名，其地在今四川省和重庆市一带。

岷峨：岷山和峨眉山，均为四川境内的名山。

遐荒：边远荒凉的地方，指云南永昌卫。

白象金鸡：见"黄夫人祠"注释。

肠断：形容极度思念或悲伤。

伉俪：指夫妻。《左传·成公十一年》："已不能庇其伉俪而亡之。"

简编：编连成册的竹简，指书籍、著作。

风流：指有功绩而又有文采。

神游：感觉中好像亲游某地。

故国：指故土、家乡、旧地。苏轼《念奴娇·赤壁怀古》："故国神游，多情应笑我，早生华发。"

【讲解】

上联：杨升庵五百年来闻名世间，他的声望兴盛于巴蜀之地，他的才干孕育于四川名山。他能忍受如此不幸的遭遇；他被贬谪到边远荒凉的云南永昌卫，两地相隔，真可怜他们夫妻久怀着极度的悲痛和思念之情。

下联：杨升庵死在几千里外的云南异乡，他空有许多著述，仅仅得到尸骨能归葬故里。尚且庆幸他的文采和功绩没有被人忘记，桂湖还有纪念他的升庵祠。他魂归故里，桂湖的红莲和丹桂，正散发出浓郁的芳香。

【 作者简介 】

梁伯言（1898—1991），四川长宁人。四川法政专门学校毕业，曾任川军21军、23军、川陕鄂边区绥靖公署秘书，川湘鄂边区绥靖公署处长。1949年起义，1953年入四川省文史研究馆，又为四川省人民政府参事室参事。擅长诗词、楹联、书法。

重游桂湖謁升庵祠參觀文物展出書誌敬仰

五百年名世挺生望隆巴蜀秀毓岷峨那堪遭際多
艱謫降到遐荒白象金雞腸斷相思憐伉儷

數千里他鄉客死空富簡編僅歸骸骨且幸風流未
泯憑依猶得所紅蕖丹桂神遊故國薦馨香

一九八一年歲次辛酉仲秋月中澣 梁伯言敬撰並書

桂湖森林广场

桂湖森林广场

桂湖森林广场，初名桂湖公园，是因为桂湖面积较小，为增加新都游览区域而建。1986年动工，1988年建成开放。桂湖公园位于桂湖之南，与桂湖仅有一道新都古城墙相隔。它是桂湖的扩大和延伸，又是一座自成体系的新建仿古园林，占地208亩，其中水面82亩。其建筑结构巧妙、工艺精美，气派雄伟。建筑物屋面全施以绿色琉璃瓦，平桥、拱桥、曲桥多采用汉白玉或红砂石，显示出古典园林的华丽特色。是展现在四川历史文化名城新都的又一处园林胜境、旅游名区。

在建造中，根据原有地形地物，凿湖垒山，铺路架桥，栽花种草，形成错落有致、优美流畅的湖岸线。利用了长达千米的饮马河（清源河）自然景色，保存了河上明代首辅大学士、杨升庵之父杨廷和捐资修筑的农田水利工程"学士堰"。

桂湖森林广场的主要景点有大门、沁春园、天香园、云外楼、浮光阁、抗日爱国将领王铭章墓园、"流浪文豪"艾芜墓园等。各景点树木掩映，刻挂有楚图南、赵朴初、启功、杨超、黄稚荃、赵蕴玉、周虚白、遍能、徐无闻等名人名家撰书的楹联匾额。

大门（五副）

一

冠西蜀风光，四十顷澄湖在望；

播南垂教化，五百年文献犹存。

楚图南题

【 解题 】

此联写桂湖公园，内容却紧扣桂湖与杨升庵这个“地灵、人杰”的主题。

【 注释 】

四十顷：即六百市亩，形容其广大，非实指。

南垂：南方边境。这里特指明代杨升庵谪戍之地云南。

教化：指儒家所提倡的政以体化，教以效化，民以风化。也指环境影响。出自《诗・周南・关雎序》：“美教化，移风俗。”

【 讲解 】

上联：桂湖风光秀丽，名冠西蜀、那广阔澄静的湖水一望无边，美不胜收。

下联：杨升庵在云南推行中原文化，五百年来，那里还保存着大量文献。

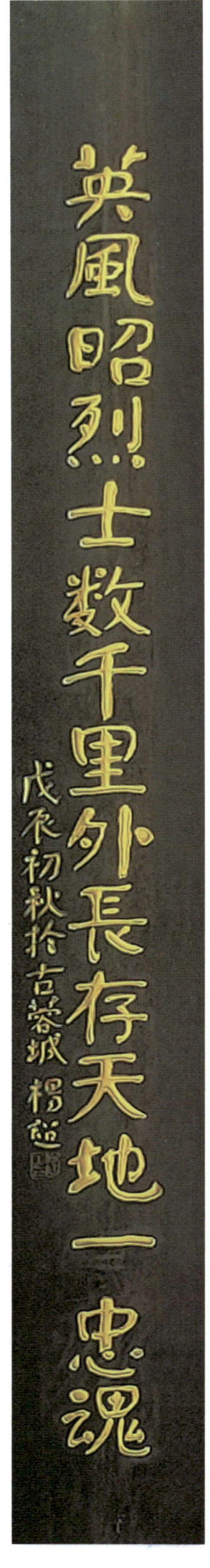

【作者简介】

楚图南（1899—1994）：曾用名楚曾、方鹏，笔名高寒等，云南文山人。曾任暨南大学、云南大学、上海法学院教授。中华人民共和国成立后历任北京师大教授、西南文教委员会主任、中国人民对外友好协会副会长、民盟中央代主席等职。他是著名作家、学者、书法家。他的书法，取势中正，体格近颜而直逼汉人。著有《楚图南集》等。

二

胜地仰高贤，五百年来，试问骚坛几诗客；

英风昭烈士，数千里外，长存天地一忠魂。

杨超题

【解题】

联语此联上款署：“为新都桂湖公园题。”下款署：“戊辰初秋于古蓉城、杨超。”戊辰，1988年。写新都名人辈出。上联赞美明代状元杨升庵，下联赞美抗日英雄王铭章。一文一武，一古一今，交相辉映。原拟议在桂湖公园重建王铭章烈士墓，故联文所及。

【 注释 】

高贤：高尚贤良的人，这里指杨升庵。

骚坛：诗坛，引申为文坛。骚，借诗人屈原所作《离骚》之意。

【 讲解 】

上联：来到名胜之地桂湖，仰慕高尚贤良的杨升庵，请问，杨升庵诞辰五百年以来，中国诗坛上有几位诗人比得上他取得的成就。

下联：王铭章烈士的英雄风范光昭日月，他在数千里外的山东藤县壮烈牺牲，但他忠于国家和民族的英魂却长存于天地之间。

【 作者简介 】

杨超（1911—2007），原名李文彦，四川达州市人。1929年参加革命工作，曾任周恩来同志政治秘书。1963年后，相继任四川省副省长、省委书记、省政协主席，省哲学社会科学联合会主席、省诗书画院院长。著有《实践中的辩证法》《毛泽东哲学思想研究》，创办《毛泽东思想研究》等刊物。他兴趣爱好广泛，怡情翰墨，亦善书法。

三

盛世重稽文，稚子阙、升庵祠，
史传遗泽同沾溉；

名湖新拓地，桂延香、莲泛艳，
人并流云信往还。

周虚白撰书

【解题】

此联写新都的历史文化和历史文化的传承。此联上款署：“一九八八年戊辰冬至为桂湖题。”下款署：“邑人周虚白撰书，时年八十三。”

【讲解】

上联：当今盛世十分关注地方的历史文化，新都东汉循吏王稚子的墓阙、明代状元杨升庵的祠堂，都属于历史留下的宝贵遗产，使我们后代分享荣耀。

下联：举世闻名的桂湖拓展范围，建成桂湖公园，这里的桂花香气绵延，荷花色彩鲜艳，众多的游人像流水行云般地信步来往于园林之中。

【作者简介】

周虚白（1907—1997）：号室阒，四川新繁（今成都市新都区新繁街道）人。1932年考入四川大学，与王利器、屈守元、杨明照并称为“川大中文系四大才子”。曾参与纂修民国《新繁县志》，历任四川师范学院中文系（今西华师范大学文学院）主任，硕士生导师，《汉语大字典》编委及第五编辑组组长。著有《周虚白诗选》《愚虑集》《谭苑醍醐点校》等专著。书法秀美。

四

游客自五洲来，名苑重妆，

白荷丹桂醺芳径；

才人羁万里外，故园胜昔，

绿树清溪绕画楼。

赵蕴玉撰书

【 解题 】

此联下款署：“戊辰八月与朱均兄共商缀联，赵蕴玉。”上联写桂湖公园荷花和桂花的特色，这里风光秀美，游客众多。

下联写升庵故里新都的变化，使充军云南的杨升庵也会感到惊讶。

【 作者简介 】

赵蕴玉（1916—2003）：名石，字文蔚，四川阆中人。著名书画家，曾任教于成都岷云艺专，供职于四川省博物馆，1986年被聘为四川省文史研究馆馆员；中国美术家协会会员，中国书法家协会会员，中国诗词学会理事，成都市政协常委。著有《美术技法大全》等。

五

明月长怀滇海客；

春风又绿桂湖波。

万自律撰，黄稚荃书

【 解题 】

此联睹物怀人，忆古颂今，意境深远。上联的滇海，指云南昆明的滇池，泛指杨升庵谪戍之地。下联从宋代王安石诗句“春风又绿江南岸”化出，运用妥贴。

【 讲解 】

上联：望见故乡的明月，更加怀念谪戍云南的杨升庵。

下联：和煦的春风（也指国家改革开放的春风），使得桂湖的水波更加澄碧了。

【 作者简介 】

万自律：见本书第72页作者简介。

黄稚荃：见本书第101页作者简介。

船坞

春草池塘，一棹烟波思洱海；
绿杨城郭，二分明月似扬州。

万自律撰，王砥如书

【 解题 】

此联触景生情。触桂湖公园船坞周围之景，生明代学者杨升庵之情，生升庵故里新都之情。

【 注释 】

洱海：在云南大理市，这里泛指杨升庵谪戍地云南。

二分明月：唐代徐凝《忆扬州》诗：“天下三分明月夜，二分无赖是扬州。”后因以表示美好的风光。

【 讲解 】

上联：船坞邻近的桂湖公园池塘边春草蔓蔓，看见一只只出入于烟波中的船艇，便想起了被流放洱海的新都状元杨升庵。

下联：船坞紧靠的新都古城城墙上杨柳青青，新都的明月也像扬州的明月，其风光无限美好。

【 作者简介 】

王砥如（1905—1993）：名柱，号老砥，山东临沂人。早年曾与齐白石弟子李苦禅、李可染等在济南创办书画社，后徙居成都。平生致力于汉碑及欧体楷书的研究与临习，中国书法家协会会员，四川省书法家协会常务理事。出版有《王砥如临〈九成宫醴泉铭〉》《欧体楷书〈离骚〉》等。

云外楼

此地当天府膏腴：门锁益州，路通秦塞，山耸繁阳，水来湔氐，有汉阙、梁碑、唐寺、明湖、清磬入城闉，馨风香世界，胜迹重辉，且驻我行车游屐；

斯人乃蜀中威凤：功高司马，才继子云，诗追太白，文媲东坡，为诤臣、戍客、宗师、雅士，令名垂竹帛，遗范著乡邦，故园增色，还赞他古桂新花。

冯修齐撰

【解题】

云外楼为“天香园”的主体建筑，屹立于桂湖公园中心的高台上，楼呈正方形，共5层，高30米，耸峙云外，取唐代诗人宋之问“桂子月中落，天香云外飘”诗意，取名“云外楼”。

【匾额概述】

云外楼有匾额两块：“云外楼”和“天光云影共徘徊”。

“云外楼”匾额，挂在第五层檐下，为启功书写。

启功（1912—2005）：字元伯，满族，姓爱新觉罗，雍正帝九世孙。中国著名书法家，书画鉴定家，长于古典文学和古文字学的研究。曾任北京师范大学教授、故宫博物院顾问、国家文物鉴定委员会主任委员、中国书法家协会主席等职。著有《古代字体论稿》《诗文声律论稿》《启功丛稿》《启功书画留影集》等。

“天光云影共徘徊”匾额，挂在第五层楼中，为徐无闻书写。

匾额跋云：“新桂湖公园属书宋朱熹句。壬申岁中秋，徐无闻。”这是1992年中秋节，徐无闻应新桂湖公园之请，书写南宋著名理学家朱熹的诗句。

天光云影共徘徊：见朱熹的《观书有感二首·其一》：“半亩方塘一鉴开，天光云影共徘徊。问渠那得清如许？为有源头活水来。”此诗以方塘做比喻，表现出微妙的读书感受。池塘并不是一泓死水，而是常有活水注入，形象描绘了桂湖之水像明镜一样，清澈见底，映照着天光云影。

徐无闻：见本书第62页作者简介。

云外楼楹联未刻挂，联文载《巴蜀名胜楹联大全》《中国对联宝典》《当代对联艺术家辞典》《当代特长联选粹》等书。

楹联按总字数的多少，一般分为20字以内的短联，100字以内的长联，100字以上的特长联。 此联106字，属于特长联。上下联各由10个分句组成，联语涵盖地方事典众多，涉猎历史人物广泛。

“天府之国”四川，自古地灵人杰。上联写新都的“地灵”，描绘了登上云外楼所见到的山川形势、名胜古迹，以及作者的亲切感受；下联写新都的“人杰”，把杨升庵与蜀中历代名人学士相比较，颂扬了杨升庵留下的历史功绩。

【注释】

天府膏腴：指天府之国四川的肥美土地。

益州：成都古称益州，新都古称成都的“北门锁钥”。

秦塞：今陕西地。李白《蜀道难》：“不与秦塞通人烟。”新都临川陕公路和宝成铁路。

繁阳：山名，在新都县南，为汉代道教“二十四治”之中央教区“阳平治”所在地。山上有麻姑洞、浴丹池诸胜。

湔氐：古地名，在岷江上游，今四川什邡市西北部有湔氐镇。湔，湔水；氐，与古代氐族聚居于此有关。

汉阙：指东汉兖州刺史、雒阳令王涣（字稚子）阙，此阙为我国著名汉阙，遗址在今成都市新都区督桥村。

梁碑：南朝梁武帝大同六年（540）刻的千佛碑，属我国佛教早期造像碑，原在新都正因寺（今成都市新都区新都街道正因社区），现存宝光寺。

唐寺：建于唐代的宝光寺。

明湖：建于明代的桂湖。

城闉：古代瓮城的门，这里泛指城门。

游屐：东晋谢灵运喜欢游历山水，他自制便于登山的木屐，以助游兴。后来以谢公屐、游屐等指游玩山水。

斯人：此人，指杨升庵。

蜀中威凤：桂湖有“蜀中威凤”匾，以赞美杨升庵为四川历史上出类拔萃的人物。

司马：司马相如（前179—前117）字长卿，西汉成都人，著名辞赋家，汉武帝召为郎，奉命出使西南夷有功。

子云：扬雄（前53—后18）字子云，西汉成都人，著名辞赋家、哲学家、语言学家，著有《法言》《太玄》《方言》等书。

太白：李白（701—762）字太白，唐代绵州昌隆（今江油市）人，为我国最有名的浪漫主义诗人，号诗仙。

东坡：苏轼（1036—1101）字子瞻，号东坡居士，北宋眉州眉山人，著名文学家书画家。

诤臣：杨升庵对皇帝忠言直谏，称诤臣。

戍客：杨升庵因“议大礼”谪戍云南，称戍客。

宗师：杨升庵在云南讲学，

被士人奉为师表，称宗师。

雅士：杨升庵著述宏丰，为文雅饱学之士，称雅士。

令名：美好的名声。

竹帛：竹简和绢，古代用来写字，因此以竹帛代指典籍、史籍。

遗范：指人死后留下的风范。

乡邦：指杨升庵的故乡新都。

【讲解】

上联：新都位于天府之国四川的肥沃土地上，它像成都北门的锁钥一样控制着内外往来。它有便利的交通到达陕西省和中国北方。这里耸立着汉代道教名山繁阳山，流淌着自湔氐而来的岷江水。这里名胜古迹众多，有汉代的稚子阙，梁代的千佛碑，唐代的宝光寺，明代的升庵桂湖。在桂湖之滨，仿佛听见宝光寺清越的钟磬之声传入城内，而桂花的香风从桂湖飘向城外，香满天地。现在，升庵桂湖这处胜迹重现辉煌，使我不由得停车驻脚，尽情游览湖上秀丽的风光。

下联：杨升庵是四川历史上出类拔萃的名流学者，他在云南推行中原文化，比汉代司马相如奉使西南夷有更高的历史功绩；他继承了汉代扬雄在文学、哲学、语言文学等方面的才干；他文思敏捷，诗才横溢，直追唐代诗人李白；他著述宏丰、文章盖世，可与宋代大文豪苏轼媲美。他这位敢对皇帝忠言直谏的诤臣，因“议大礼”得罪皇帝而成为谪戍云南的戍客，但在云南又成为士人尊崇的一代宗师和中国明代文才出众的饱学之士。他的美好名声永载史册，他的光辉典范显扬家乡。家乡的桂湖变得更加美丽了，还值得赞赏的是，古桂开出了新花，古桂湖南面又建成了一座新的园林桂湖公园。

此联紧跟时代步伐，尽可能做到思想性和艺术性的完美统一。联语构思巧妙，意境深远，“此地当天府膏腴”“斯人乃蜀中威凤”，赞美了成都名区和成都名人；“胜迹重辉”“故园增色”，歌颂了我国改革开放以后，成都大力保护文物古迹、弘扬中华传统文化、发展地方旅游事业的辉煌成就。联语平仄协调，对仗工稳。上联的“门锁益州，路通秦塞，山耸繁阳，水来湔氐”“汉阙、梁碑、唐寺、明湖”“清磬入城闉，馨风香世界”，均形成自对；下联的“功高司马，才继子云，诗追太白，文媲东坡”，“诤臣、戍客、宗师、雅士”“令名垂竹帛，遗范著乡邦”，也形成自对。这样，读起更加铿锵有力，易诵易记，从而极大增强了桂湖公园云外楼楹联的艺术感染力。

【作者简介】

冯修齐：见本书第18页作者简介。

南亭会馆（二副）

一

隋唐胜迹迷诗客；

亭宇勾栏沐古风。

钱来忠撰书

【 解题 】

南亭会馆，建于2002年，为桂湖公园内新增加的游客餐饮休闲处。后来更名为何香逸园，现改建为成都市新都区新时代文明实践中心。南亭，指唐代新都南亭，即新都桂湖的前身。

秦汉以来，新都一直是从成都通往京城的官道。隋唐时，即在今桂湖处设置供来往

官员憩息的机构“亭”。在这里立舍造屋、凿池植莲、种竹辟径，因位于城南，故名“南亭”。唐代张说有《新都南亭送郭元振卢崇道》诗。

“南亭会馆”匾额，由钱来忠书。

此联作于2002年农历八月，为新都南亭会馆撰书。下款署：“岁在壬午仲秋月，为新都南亭撰书，钱来忠并记。”书漏“会馆”二字。联语意思明白，雅俗共赏。

【讲解】

上联：这里是隋唐遗址南亭、明清胜迹桂湖，使许多诗人为之迷恋。

下联：这里亭楼殿宇的勾栏精巧别致，使游人沉醉在古代风韵中。

【作者简介】

钱来忠：见本书第27页作者简介。

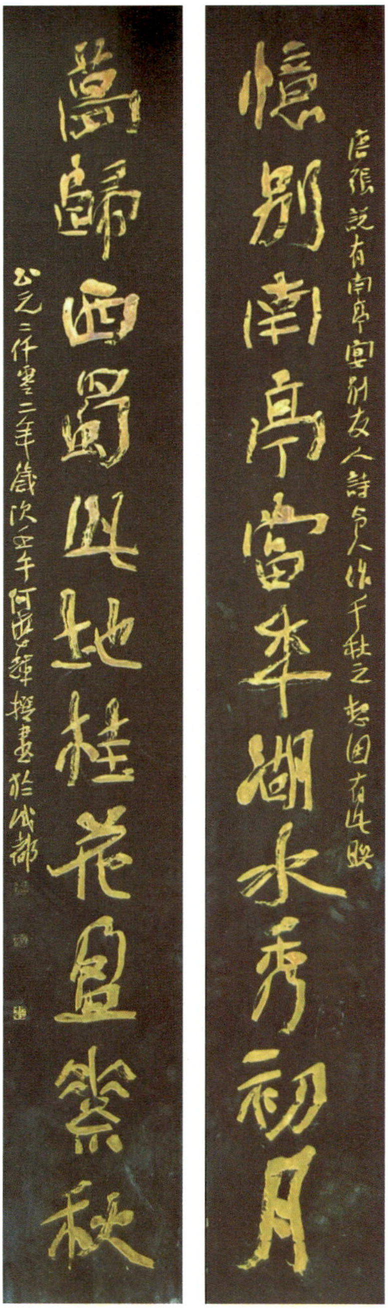

二

忆别南亭，当年湖水秀初月；
梦归西蜀，此地桂湖盈素秋。

何应辉撰书

【解题】

此联上联署“唐张说有《南亭宴别友人》诗，令人作千秋之想，因有此联。”下联署：“公元二仟零二年，岁次壬午，何应辉撰书于成都。”

【讲解】

上联：回忆唐代与郭元振、卢崇道分别时的张说，仿佛又出现诗中“碧潭秀初月”景象。

下联：回忆谪戍云南、梦归四川新都故里的杨升庵，他见到的桂湖，正充满迟暮的秋光。

【 作者简介 】

何应辉（1946— ）：重庆市江津区人。国家一级美术师，中国书法家协会顾问，四川省书法家协会名誉主席。曾任中国书法家协会创作评审主任委员，四川省文联副主席，四川省诗书画院副院长，四川大学客座教授，享受国务院政府特殊津贴专家。著有《何应辉书法艺术及技法》《中国书法全集——秦汉刻石》等。合著有《中国书法鉴赏大辞典》等。

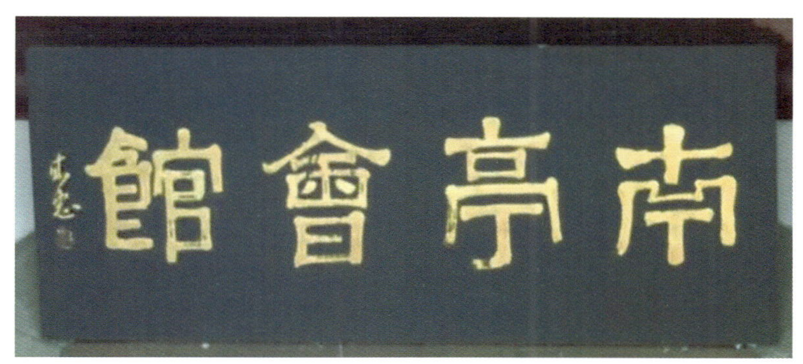

状元街状元坊

状元街状元坊

状元坊是为纪念明代新都状元杨升庵而建。状元坊原有两座，一座在新都县城西街杨状元祠前，称西街状元坊。据道光《新都县志》载:“杨状元祠在县城西，乾隆五十四年知县徐世经重修，前竖“文献在兹坊”，道光十二年升庵先生裔孙名光海重修祠宇并树有碑记。”此坊20世纪40年代拆除。另一座在西街西延的状元街西口。称状元街状元坊。

状元街状元坊始建年代失考，现存资料乃清代道光年间重建。青瓦单檐，木构四柱，中匾书“状元坊”，左匾书“文献在兹”，右匾书“仪型不远”，横跨状元街。20世纪50年代，为扩建街道，“状元坊”被拆除。

2013年春，成都市新都区城市建设局在状元街西口，与桂湖西路、宝光大交汇处的广场内，安置铜制杨升庵坐像，重建石刻状元牌坊。“状元坊”匾额，分别由刘奇晋、蒲宏湘书。

牌坊正面（二副）

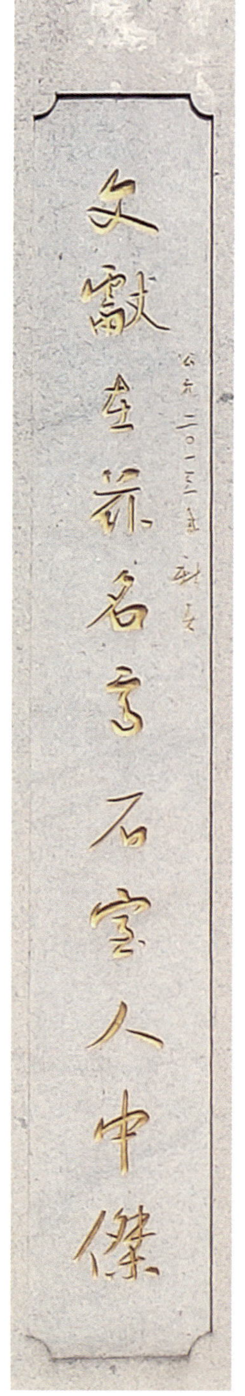

一

文献在兹，名高石室人中杰；
仪型不远，才秀儒林天下魁。

冯修齐撰　蒲宏湘书

【解题】

此联刻于牌坊正面中柱。联语援引原牌坊题额“文献在兹”“仪型不远”加以发挥，体现历史文化的传承弘扬。引经据典，高度赞颂杨升庵过人的品德学识，深含悲其不幸遭遇之情。联语对仗工稳，饶有逸趣。

【注释】

文献在兹，仪型不远：清代新都状元街状元坊上原刻文字，意为新都的地方文献就汇集这里，杨状元的光辉榜样距此时不远。

石室：古代藏图书档案处。刘勰《文心雕龙·史传》：“阅石室，启金匮，抽裂帛，检残竹，欲其博练于稽古也。”亦指西汉蜀郡太守文翁在成都兴学，以石头修筑校舍（石室），使蜀地学风大兴，比肩齐鲁。

才秀儒林：才秀，比喻才能或品行出众。儒林，指读书人这个群体。才秀儒林又取自“木秀于林”。李康《运命论》：“故木秀于林，风必摧之；堆出于岸，流必湍之；行高于人，众必非之。”切合升庵际遇。

天下魁：杨升庵于明正德六年（1511）高中状元，为“五经魁首”，名扬天下。《吕氏春秋·劝学》：“不疾学而能为天下魁士名人者，未之尝有也。”

【作者简介】

冯修齐：见本书第18页作者简介。

蒲宏湘（1945—2014）：四川南充人。曾任中国书法家协会会员，四川省书法家协会副主席、顾问、创作评审委员会副主任兼秘书长，成都市丙戌金石书画研究会副会长，成都文殊院空林书画院执行院长。师从蜀中书法大家余中英先生。其书法以正书系列为主，旁及各体。

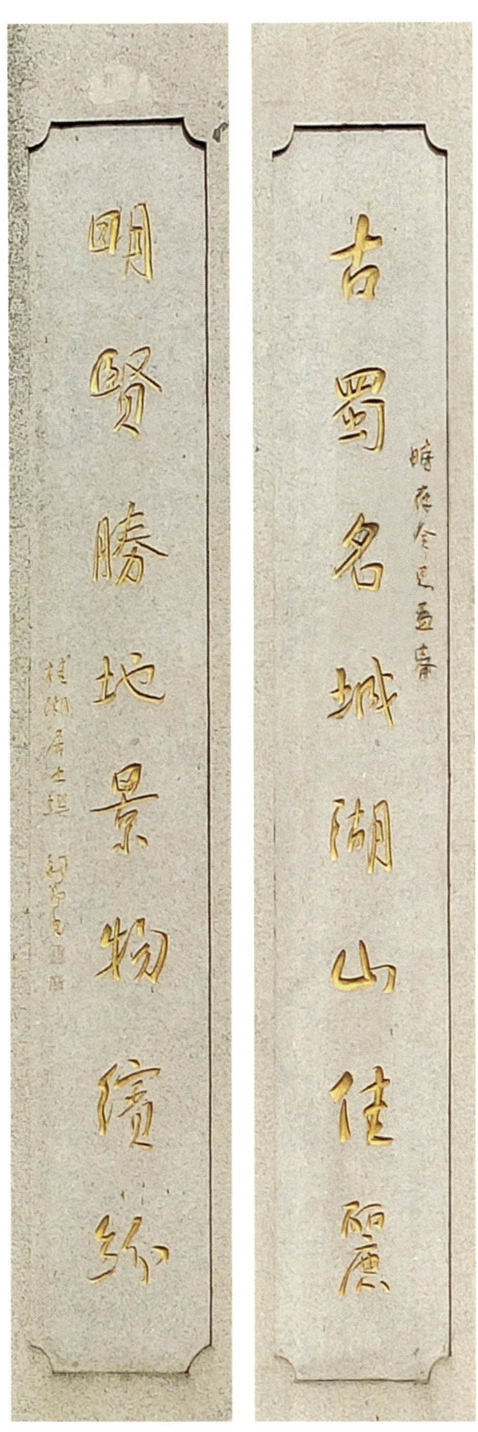

二

古蜀名城，湖山佳丽；
明贤胜地，景物缤纷。

桂湖居士撰　舒炯书

【解题】

此联刻于牌坊正面侧柱。联语从历史文化名城新都点题，赞美新都风光，歌颂先贤遗迹，展示四川的“物华天宝”。联句协律，庄严凝重。

【注释】

古蜀名城：《华阳国志》载：“蜀有三都：成都、广都、新都，号名城。”新都为四川省历史文化名城。

湖山佳丽：湖山，特指城中的桂湖和

宝光寺（紫霞山）。许有孚《柳梢青》：“城市繁华，湖山佳丽，好个江南。”

明贤：指新都明代乡贤首辅大学士杨廷和与状元杨升庵。

缤纷：繁盛貌。《离骚》：“佩缤纷其繁饰兮，芳菲菲其弥章。”《班固传》：“红罗飒纚，绮组缤纷。”

【作者简介】

桂湖居士：即冯修齐，见本书第18页作者简介。

舒炯（1956—　）：号树庭，斋名心香山馆，满族，四川成都人。中国书法家协会会员，四川省书法家协会副主席，成都市书法家协会主席，成都市文联副主席，成都市政协常委，成都市文史研究馆馆员。4岁学书，遍临历代各家，精研篆隶简帛，兼及真楷行草，取精用宏，自成一家。出版有《舒炯书法艺术》《色相非相——舒炯书法艺术》等。

牌坊背面（二副）

一

久慕先贤，莲桂芬芳留胜迹；

频瞻故里，田园锦绣富人文。

张绍诚撰　刘奇晋书

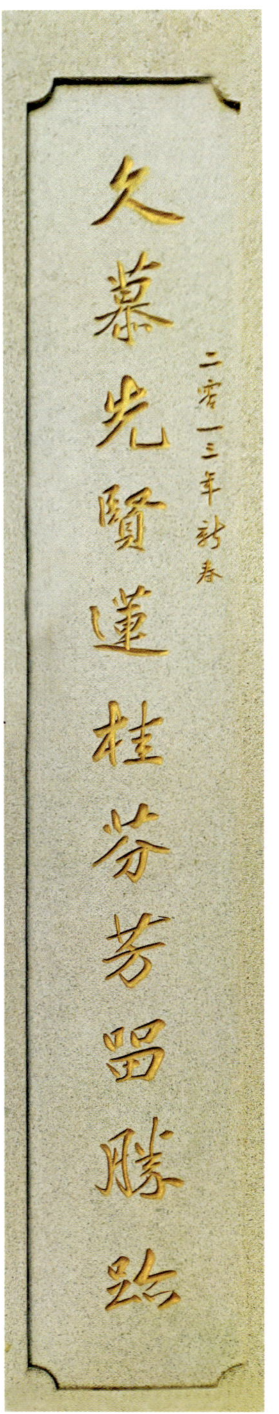

【解题】

此联刻于牌坊背面中柱。联语盛赞历史文化名城新都的“人杰地灵”，杨氏父子，道德文章，千古共仰。“久、频”，倍增敬慕瞻仰之真情。“莲桂、田园”，借物抒情。此联声调平仄交替，音律协调。

【注释】

先贤：指杨升庵等新都名人。

莲桂芬芳：莲桂，荷花和桂花，新都状元坊附近的升庵桂湖最显著之特色。也比喻杨廷和、杨升庵父子均为明代大臣，才德出众，千古流芳。

胜迹：有名的古迹、遗迹。谢朓《游山》：“求志昔所钦，胜迹今能选。”

田园：田地和园圃。《史记·魏其武安侯列传》：“田园极膏腴，而市买郡县器物相属于道。”指建设中的成都生态田园城市。

锦绣：比喻美丽或美好的事物。赵善庆《水仙子·仲春湖上》：“六桥锦绣，十里画图，二月西湖。”

人文：指人类文化中的先进部分和核心部分。

【作者简介】

张绍诚（1935—2014），即张少成、胜成，成都人，著名楹联家。成都大学教育学院中文系教授，四川省政府文史研究馆馆员，中国楹联学会顾问，四川省楹联学会副会长，遍能法师皈依弟子。著有《巴蜀趣联解读》《巴蜀方言浅说》《巴蜀竹枝琐议》等。

刘奇晋（1942—2019）：成都人。清代蜀中大儒刘沅裔孙，著名诗书画家刘东父之子。四川省政府文史研究馆馆员，四川省书法家协会顾问，四川省书学学会副会长，四川省巴蜀诗书画研究会副会长。

二

京阙滇云，忠贞气节；

书山学海，经济文章。

胜成撰　曾逸书

【解题】

此联刻于牌坊背面侧柱。联语展现杨状元一腔热血和满腹才华。借用“书山学海”与极富特色的“京阙滇云”足对，针对性极强，确乎不可移置他人。声调采用对联律句正格，读来犹显铿锵。

【注释】

京阙滇云：京阙，京城的皇帝宫殿。滇云，指云南。杨慎因“议大礼”在皇宫受廷杖，谪戍终老于云南永昌卫。

书山学海：比喻广博的知识。古联有云：“书山有路勤为径，学海无涯苦作舟。”《明史·杨慎传》云：“明世记诵之博，著作之富，推慎为第一。”

经济：即“经世济民”，在中国古代文化中是一个很大的概念，充满了丰富的人文思想和社会内涵。左宗棠题联：“文章西汉两司马，经济南阳一卧龙。”

【作者简介】

胜成：即张绍诚。见本书第159页作者简介。

曾逸：甘肃书法家。生平不详。

杨慎家族墓（状元坟）

杨慎家族墓（状元坟）

杨慎家族墓原名状元坟，在今新都体育场北端，为明代杨春、杨廷和、杨升庵祖孙三代的家族墓地。因杨升庵为明代四川唯一的状元，学识渊博，气节高尚，名显后世，故独称状元坟。

明嘉靖三十八年（1559），杨升庵卒于昆明，其妻黄峨至泸州迎回灵柩，葬于其父杨廷和墓右侧。又十年，黄峨病故，葬同夫穴，墓碑刻“明修撰赠光禄寺少卿杨文宪公、诰封宜人杨母黄宜人之墓”。现墓碑为邑人万自律补书。墓碑两侧有杨道南《祭状元杨升庵文》碑，冯修齐《培修状元坟功德碑记》碑。

清道光十二年（1832），状元坟由杨升庵九世孙杨光海培修；1935年，杨升庵十三世孙杨崇焕重立墓碑。1973年，状元坟因兴修水利横穿墓地而遭到破坏。1988年，为纪念杨升庵诞辰五百周年，新都县文物管理所集资重修。1996年，在状元坟左侧发现杨升庵曾祖父杨玫墓、曾祖母熊氏墓、杨升庵三弟杨贞庵墓、三弟媳王氏墓，并出土了墓志铭及随葬品。1997年，全球董杨童宗亲总会会长杨清钦先生捐资重修状元坟。2012年，杨慎家族墓被公布为四川省文物保护单位。

“杨慎家族墓”匾额，由侯开嘉书写。

侯开嘉（1946— ）：四川宜宾人，著名书法家。中央文史研究馆书画院院部委员，四川省人民政府文史研究馆馆员，四川大学艺术学院教授，中国书法家协会学术委员会委员，中国书法兰亭奖评委。出版有《中国近现代名家书法集·侯开嘉》《中国书法史新论》《书法史求真录》等专著。

门厅正面（二副）

一

宰相状元，登殿榜七人，名耀新都驰美誉；
戌仙闺秀，衍文风四代，魂萦故里荐馨香。

钱来忠撰书

【解题】

此联挂于杨慎家族墓门厅当心间楹柱。上款署“时在癸巳年孟冬之际。”下款署“蜀人钱来忠撰书。”癸巳年，2013年。孟冬，农历十月。

【注释】

宰相状元：杨慎父廷和为首辅大学士（宰相），慎为状元。

殿榜：科举殿试后公布中进士名次的榜文，代指进士。七人中的另五人为杨慎祖春，叔廷仪，弟惇、恂，子有仁皆进士。

戌仙：指杨慎。蜀有三仙，李谪仙、苏坡仙、杨戌仙。

闺秀：指大户人家的有才德的女儿，这里特指杨慎妻女诗人黄峨。南朝宋刘义庆《世说新语·贤媛》：“顾家妇清心玉映，自是闺房之秀。”

【作者简介】

钱来忠：见本书第27页作者简介。

二

气节壮山川，异代咸钦滇海叟

文章辉竹帛，四时喜诵桂湖诗

张绍诚撰，蒲宏湘书

【解题】

此联挂于杨慎家族墓门厅邻间楹柱。

【注释】

滇海叟：杨慎晚年寓居昆明滇池西山，故称。桂湖诗：指杨慎诗《桂湖曲》，亦泛指其诗作。

竹帛：竹简和白绢。古代初无纸，用竹帛书写文字，引申为书籍、史乘。《史记·孝文本纪》：“然后祖宗之功德著于竹帛，施于万世，永永无穷，朕甚嘉之。”

【作者简介】

张绍诚：见本书第159页作者简介。

蒲宏湘：见本书第156页作者简介。

门厅背面

一代哲人，两地深情，四百鸿篇传后世；
千秋雅范，满身正气，九州魁首仰先生。

冯修齐撰，刘奇晋书

【解题】

此联挂于杨慎家族墓门厅背面邻间楹柱。上款署“二零一三年癸巳初冬之吉。”下款署“冯修齐撰，刘奇晋书。”

【注释】

一代哲人：指杨升庵，引自张秀熟《杨升庵证辰五百周年纪念》代序：《最难能的伟大哲人》。

两地：杨升庵主要生活之地四川和云南。

四百鸿篇：据载，杨升庵著述达四百余种。

九州魁首：杨升庵为明代正德六年（1511）状元。魁首，指在同辈中才华居第一的人。

【作者简介】

冯修齐：见本书第18页作者简介。

刘奇晋：见本书第159页作者简介。

附录：

祭状元杨升庵文

先生学贯古今，才高宇宙，熔今铸史，地负海涵。窥秘阁而挹群言，搜百家而标新议。著作四百余种，无体不赅；历数三百余年，谁人敢伍？恸哭阙廷，撄龙鳞而遭贬谪；流离黔省，值蝼曲而放啸歌。簪花唱曲，虽自晦不失风流；修史笺经，即负罪依然儒雅。忠心既白，死后犹留官阶；抔土犹存，生前有关文献。仰遗徽而陨涕，像独高悬；抚后裔而伤心，藏偏零落。白杨空长，风景凄凉，黄土遗堆，故阡寂寞。清明上冢，各有水源木本之思；文章有神，能无云散风流之感。道南等，或司民社，或本斯文，各奉瓣香，咸备酒醴，虔申一奠，饮裕千秋！

大清嘉庆十八年癸亥清明节，知新都县事杨道南叩首

公元二零一三年癸巳孟冬之吉，成都市新都区文物管理所补镌

培修状元坟功德碑记

天府沃野，古蜀名都，聚山川之美，多文雅之士。有明杨公升庵，正德辛未状元，供职翰林，侍讲经筵，史修实录，文耀京华。悲哉狱兴议礼，谪戍滇南，以讲学着书终老而归葬故里。

状元坟者，实为杨氏祖茔也。曩时升庵父廷和公官居内阁，位列首辅，适祖留耕公卒，明武宗敕礼部营建厥墓。墓在新都城西北之原，神道翁仲长列，丰冢松柏环护，蔚为壮观也。后杨氏中落，廷和、升庵、贞庵诸考妣皆附葬于斯。升庵公为一代哲人，气节高尚，著述等身，名重青史，故此地独以状元坟称焉。

明清以还，状元坟擅富盛誉。名流显宦，迁客骚人，多来拜谒，题咏见诸邑乘，此不赘述。道光十二年，升庵九世孙光海重加修葺，百载沧桑，庐墓倾颓。一九八八年值升庵公五百岁冥诞，新都县文物管理所乃集资重建升庵墓。然状元坟昔日宏构，尚待恢复也。

又九年丁丑，清明后之十日，全球董杨童宗亲总会会长杨清钦先生，自台北市率团莅新都祭祖考察。清钦先生及诸宗长于升庵公墓前，敬献鲜花佳果，酒醴时馐；焚香叩首，恭读祭文。复往桂湖之升庵祠，瞻拜升庵公及杨氏诸先贤遗像，祭礼如仪。此行也，清饮先生感于状元坟之荒圮，乃乐捐人民币二十万元，拟重建留耕公、廷和公墓及享堂、碑坊、桥廊之属；且莳花种树，培植风景，以妥杨氏先祖列宗之灵。

清钦先生乃海内名人，德高望重，成就斐然。先生长怀故土之思，宗亲之爱，屡次来大陆观光祭祖，并慨然疏财，热忱奉献，兴办公益，宏扬国粹，其功德岂可没哉！喜见状元坟新姿，先生之令名，亦随升庵公之业绩永昭后世矣。

邑人冯修齐记

公元一九九七年九月吉日　新都县文物管理所立

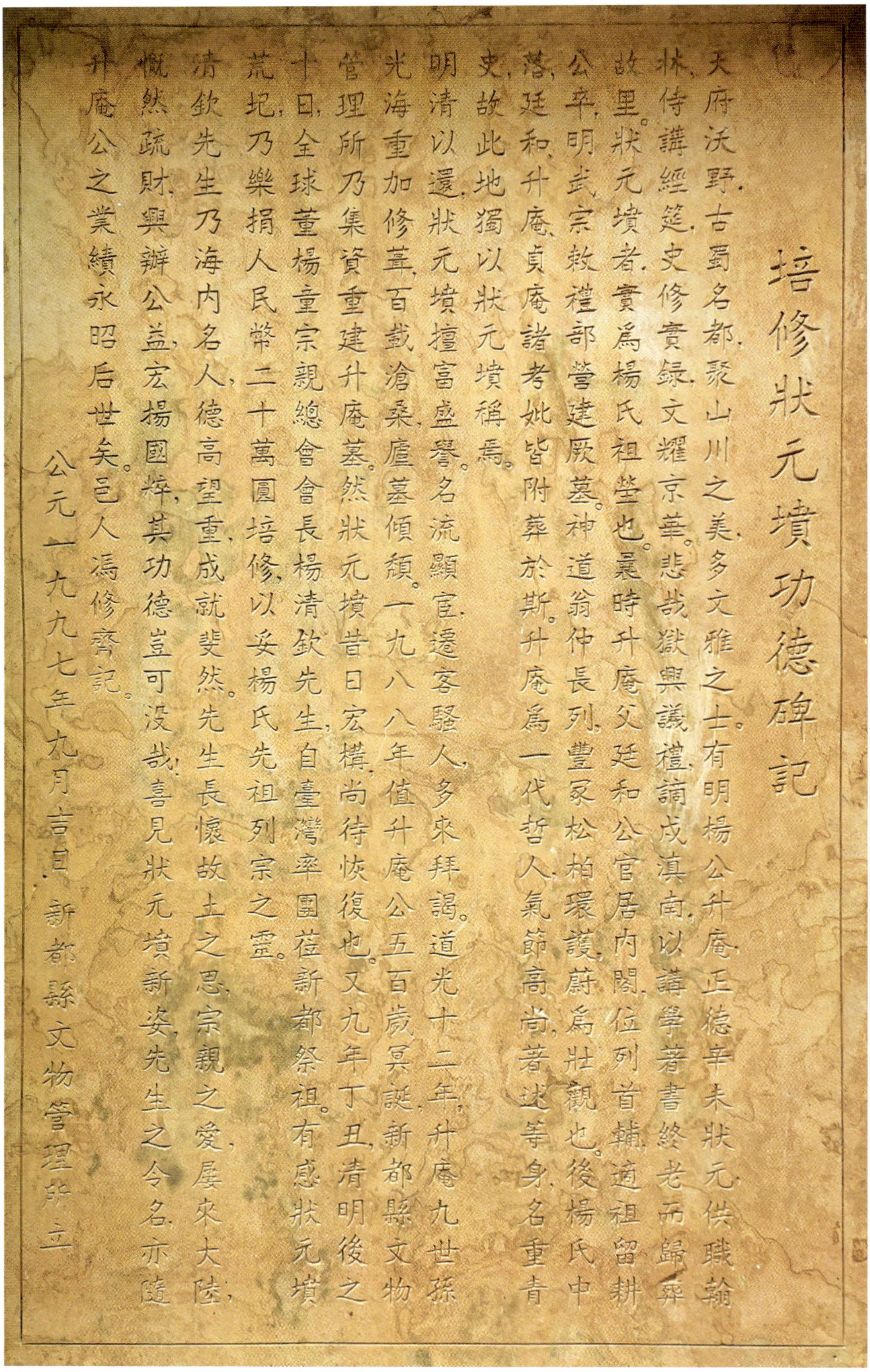

培修狀元墳功德碑記

天府沃野，古蜀名都，聚山川之美，多文雅之士。有明楊公升庵，正德辛未狀元，供職翰林，侍講經筵，史修實録，文耀京華。悲哉獄興議禮，謫戍滇南，以講學著書終老而歸葬故里。狀元墳者，實爲楊氏祖塋也。曩時升庵父廷和公官居内閣，位列首輔，適祖留耕公卒，明武宗敕禮部營建厥墓。神道翁仲長列，豐冢松柏環護，蔚爲壯觀也。後楊氏中落，廷和、升庵、貞庵諸考妣皆附葬於斯。升庵爲一代哲人，氣節高尚，著述等身，名重青史，故此地獨以狀元墳稱焉。

明清以還，狀元墳擅富盛譽，名流顯宦，遷客騷人，多來拜謁。道光十二年，升庵九世孫光海重加修葺，百載滄桑，廬墓傾頹。一九八八年值升庵公五百歲冥誕，新都縣文物管理所乃集資重建升庵墓。然狀元墳昔日宏構，尚待恢復也。又九年丁丑清明後之十日，全球董楊童宗親總會會長楊清欽先生，自臺灣率團蒞新都祭祖。有感狀元墳荒圮，乃樂捐人民幣二十萬圓培修，以妥楊氏先祖列宗之靈。

清欽先生乃海内名人，德高望重，成就斐然。先生長懷故土之思，宗親之愛，屢來大陸，慨然疏財，興辦公益，宏揚國粹，其功德豈可沒哉！喜見狀元墳新姿，先生之令名，亦隨升庵公之業績永昭后世矣。邑人馮修齊記。

公元一九九七年九月吉日，新都縣文物管理所立

【注释】

古蜀名都：指新都。《华阳国志·蜀志》：“蜀以成都、广都、新都为三都，号名城。”

杨公升庵：杨升庵（1488—1559），名慎，字用修，明代新都人。正德六年（1511）考中状元，授官翰林院修撰，曾为经筵讲官，预修《武宗实录》。嘉靖三年（1524）因“议大礼”案得罪皇帝，被谪戍云南永昌卫（今保山市），以讲学著书终老。死后归葬新都。

升庵父廷和公：杨廷和（1458—1529），字介夫，号石斋，明代新都人。官至吏部尚书、文华阁大学士、内阁首辅，著名政治家。死后归葬新都，谥“文忠”。

留耕公：杨春（1436—1515），字元之，号留耕，杨廷和之父，明代新都人。成化十七年（1481）进士，官至湖广提学佥事，晚年回乡讲学。死后明武宗命礼部清缮司主事祝銮到新都营建其墓。

翁仲：立于墓道两侧的高大石人。

贞庵诸考妣：贞庵，名恒，字用贞，杨廷和第三子，杨升庵之弟。考妣：指死去的父母，也指历代祖、祖母。

升庵九世孙光海：杨光海（1796—1897），字镇波，号式如，受业于蜀中名儒刘沅先生，由廪生选授蓬州训导，升巴州学正。丁父忧回籍，倡建祖祠，培修状元坟，重刊《升庵遗集》等。后任山西沁水、陵川、荣河知县。

清明后之十日：即1997年4月15日。4月5日为清明节。

全球董杨童宗亲总会：会址设在台湾省地区台北市。会长杨钦清为台湾味丹集团公司原董事长。

祭明故新都升庵公文

维公元一九九七年，岁在丁丑，三月清明。清钦率台湾及全球各地之杨氏宗亲，谨具香帛花果，酒醴时馐，致祭于杨氏先祖、明故新都升庵公之灵。文曰：

公生明世，弘治元春。簪缨世胄，诗礼家声。庭训朗朗，母教谆谆。七龄诵读，十岁能文，廿有四岁，金榜题名。供职翰院，为官清勤。因议大礼，谪戍终生。生死不渝，伉俪情深。滇程漫漫，归葬祖茔。

呜呼我公，一代文星。仕途坎坷，学业精深。仗节死义，光照汗青。著书讲学，誉满士林。中华文化，弘扬边地；民族团结，利益后昆。兹来祭祖，瞻仰仪型。继我杨门，宰相、状元、进士之荣耀；扬我先祖，立德、立功、立言之精神！

躬逢盛世，桂馥兰馨。杨氏后裔，睦谊敦亲。异地共勉，万人同心。为中华振兴，努力奉献；为世界繁荣，竭尽丹忱！

尚享！

全球董杨童宗亲总会会长杨清钦叩首

升庵村杨氏宗祠

升庵村杨氏宗祠

升庵村杨氏宗祠，在新都城西十里，建于清道光二十八年（1848），坐西北向东南，寓不忘先祖故丘之意。此祠占地六亩左右，为双重四合院建筑，中轴线上有龙门、前厅、正厅，两边为厢房。1958年至1968年之间大部分拆除。现仅存正厅，杨升庵第十三代孙杨崇逸、第十四代孙杨德力一家先后在这里居住。2015年在祠前建升庵故里牌坊。

杨氏宗祠匾额楹联众多。笔者1987年到马家镇普东村三社杨氏祠，采访了当时杨氏后裔年岁最长的杨崇范、杨崇逸二位老先生，他们追忆了杨氏祠的匾额原貌：龙门上方为一火焰边蓝底金字竖匾“钦赐贞寿之门”，左边横匾“文魁”，右边横匾“武魁”。前厅内有三道横匾，中为“五世同堂”，左为“萱茂芹香”，右为“桂蕊芬芳”。正厅檐额横匾为“益丰裕泰”，厅内正中为“景清堂”横匾。正厅天井两侧有昭堂、穆堂，昭堂匾曰“启迪后人”，穆堂匾曰“垂裕后昆”，昭堂1963年拆毁，穆堂1968年拆毁。

现在悬挂的匾额有杨崇逸书“杨氏宗祠”，刘艺书“明代状元杨升庵十三斋”，集明董其昌字“景清堂”三块。

升庵故里坊（二副）

一

夫子之道，鸢飞鱼跃；

先生之风，山高水长。

清·张汉撰书　倪宗新书

【 解题 】

升庵村杨氏宗祠升庵故里牌坊，建于2015年秋。匾额由倪宗新书写，款署：“乙未中秋，宗新书。”此联亦为倪宗新书写，款署：“佚名撰，后学宗新书。”其实，联语摘自昆明高峣升庵祠清张汉撰书楹联。杨升庵去世后，杨升庵旧居碧峣精舍改建为升庵祠。远近文人名士，都来游览拜谒。张汉此联，用“鸢飞鱼跃”“山高水长”，来烘托“夫子之道”“先生之风”，语气和稳，朴素自然。但平仄三处不合联律，当是遗憾。

【 作者简介 】

张汉（1680—1759）：字月槎，号莪思，晚号蛰存，云南石屏人。清康熙四十七年（1708）举人，康熙五十二年（1713）恩科取进士，授翰林院庶吉士，升检讨，出任河南府知府。后因敢于直谏，顶撞当道，被解职归里。精于书法，著作有《留砚堂诗集》《留砚堂文集》。

倪宗新：见本书第28页作者简介。

升庵故里坊

乙未仲秋 家聪书

二

风阙笃忠贞，砥节砺名，报国文章传后世；
龙门殷暮景，居今稽古，何年人物似先生。

清·吴鸿恩撰书　刘友聪书

【解题】

此联摘自清吴鸿恩撰桂湖升庵祠联。

【作者简介】

刘友聪（1969—　）：成都市新都区人。幼承庭训，擅长书法。早年师从川内书法名家蒲宏湘，为四川省书协正书专业委员会委员。曾任成都市新都区广播电视台台长，现任新都区人大教科文卫委员会主任。

杨氏宗祠前厅

一堂快乐祖呼祖；
五世同居孙唤孙。

【 解题 】

此联挂于“五世同堂"匾的两侧，现匾联均不存。

1848年建杨氏宗祠时，杨氏已五世同堂，故有“祖呼祖、孙唤孙”之谓。

杨氏宗祠正厅（二副）

一

既当初，堂构费经营，六十余年，得此绣水绕灵钟，缉缉子孙，自憾功名艰凤翥；

幸今日，宸洽会纶音，五千里外，从此人文多应运，绵绵家世，定教奕骥荷龙光。

清·杨光海撰书

【解题】

杨氏宗祠：正厅当心间檐额挂“益丰裕泰”横匾，当心间两柱挂此抱柱联。此联为清道光二十九年（1849）杨氏祠落成后，由杨光海撰书，今不存。

【注释】

绣水：又名绣川、绣川河，属青白江水系，经杨氏祠流向原金堂县城城厢（今属成都市青白江区城厢镇），再汇入沱江。

凤翥：指凤凰高飞。语出处晋陆机《浮云赋》：“鸾翔凤翥，鸿惊鹤飞。”

宸汵：指深邃华丽的房屋，也指帝王的住所，引申为显赫的地位。

纶音：帝王的诏令。唐刘禹锡《谢赐冬衣表》：“三军挟纩，俯听纶音，九月授衣，载驰天使。”

奕骥：壮而美的良马，比喻贤德之才。奕，光明、大美貌。骥，好马。《论语·宪问》：“骥不称其力，称其德也。”

龙光：指龙身之光、宝剑之光、不同寻常之光，亦喻人有非凡的风采和才华。

【讲解】

上联：遥想当年，杨氏祖先迁居于此，苦心经营六十载，虽在风景秀丽的绣水河边修建了这座祠堂，但子孙们自愧难取得有如祖先那样的成就。

下联：庆幸今日，朝廷传来佳音，遥远的亲人取得功名，给杨氏族人带来好的运气，子孙们定要刻苦用功，绝不辜负祖先获得的恩宠和光荣。

【作者简介】

杨光海（1796—1877）：号式如，世居新都，杨升庵九世孙。受业于清代名儒刘沅，历官四川蓬州训导、巴州学正，山西沁水、陵州、荣河知县，以功晋封中宪大夫，钦加知府衔，赏戴花翎，卒于荣河任上。杨光海敦宗穆族，重刊《升庵遗集》，著有诗文集四卷。

二

乌木荐馨香，宰相状元七进士；

绣川环祖脉，忠臣孝子四知堂。

杨崇逸撰书

【解题】

此联作于1988年。上联署“纪念升庵公诞生五百周年”，下联署“甲申年仲春，第十三世孙崇逸丹书并刻”。

【注释】

乌木：乌木沱，在杨氏祠附近的绣川河，传为明末清初杨氏先祖避难处。

宰相状元七进士：指杨升庵祖父杨春，父杨廷和（宰相），叔杨廷仪，自己（状元），弟杨惇，从弟杨恂，子杨有仁七位进士。

四知堂：杨氏先祖、东汉时的太尉杨震，任东莱太守时，昌邑县令王密以黄金十斤贿赂。王说：“吾夜深密至，无人知也。”杨正色斥之：“此乃天知、地知、你知、我知，何缘无人知晓？”王只好羞愧而退。杨氏后裔为崇敬怀念这位拒贿的先祖，自立堂号“四知堂”。

【作者简介】

杨崇逸（1927—2016）：斋号“明代状元杨升庵十三斋”，新都人。杨升庵第十三世孙，生卒于新都杨氏宗祠，成都市青白江区供销社办公室主任退休。擅长书法和杨氏谱牒研究，1984年加入新都县杨升庵研究会。

正厅神榜

汉代关西夫子后；
明史蜀中宰相家。

【题解】

厅正中上方有“景清堂”匾额。景清堂为新都杨升庵家族的祠堂，即升庵村杨氏宗祠。下为木质雕花神龛。神榜曰：“弘农堂上杨氏门宗历代先祖考妣之神位”，两旁为神联。原联1954年毁损，1989年杨崇逸重书刻制。

此联的意思是说：这里居住着东汉太尉、“关西夫子”杨震的后裔，这里是明代首辅大学士、四川人杨廷和的老家。

丽园乔梓亭（二副）

一

松乔苞茂仰先哲；

桑梓繁荣期后昆。

张绍诚撰

【题解】

丽园在升庵村附近的石坝街区（原马家场），丽园内有双亭，为纪念明代首辅杨廷和，状元杨升庵父子而建，故名乔梓（父子）亭。

【讲解】

上联：见此双亭，好像见到挺拔的苍松、高大的乔木，它们枝繁叶茂，由此对具有松乔性格的杨廷和、杨升庵顿生敬仰之情。

下联：新都马家场一带是杨氏家族的发祥地和故乡（桑梓），升庵故里的进一步繁荣，还期待着后人们的努力奋斗。

【作者简介】

张绍诚：见本书第159页作者简介。

二

双亭临绣水；

遗脉隐乌沱。

杨崇逸撰

【题解】

此联由绣川河畔的双亭，联想到明末清初时，杨氏后裔隐藏绣川河畔的乌木沱，子孙得以繁衍的故事。

上联：一高一低的首辅亭、状元亭错落有致，伫立在绣水河畔。

下联：杨家后裔隐藏在毗邻的乌木沱边，其遗脉得以世代繁衍。

【作者简介】

杨崇逸：见本书第180页作者简介。

桂湖征联

桂湖征联

新都杨升庵博物馆、新都杨升庵研究会，为扩大对明代著名学者、文学家杨升庵和新都桂湖的宣传，联合四川省联学会和有关单位，先后开展了三次有奖征联活动。

一、1988年纪念杨升庵诞辰五百周年有奖征联。共收到全国各地歌颂升庵功绩、赞美桂湖风光的应征联文344副。经评选，获奖者57名，其中一等奖5名，二等奖13名，三等36名，荣誉奖3名。

二、1996年新都五星桂花艺术节有奖征联。共收到全国13个省、市、自治区和香港地区566名作者的946副对句。经评选，获奖者170名，其中一等奖5名，二等奖10名，三等奖20名，优秀奖40名，入选奖80名，荣誉奖10名，组织奖5名。

三、2007年桂湖荷花节海内外有奖征联大赛。共收到全国各省、直辖市、自治区、特别行政区及美国等地2048人的应对稿件2416份，得对句13288条。本次大赛，成为四川省历次征联中规模最大、应对稿件最多的一次大赛。经评选，获奖者75名，其中一等奖1名，二等奖4名，三等奖10名，优秀奖50名，荣誉奖10名。

三次征联活动中，组委会皆聘请国内著名楹联专家作评委。获奖对句，力求思想内容健康，艺术形式完美，其效果显著，影响深远，为新都桂湖增色，为中华楹联添彩。

一、纪念杨升庵诞辰五百周年有奖征联

为纪念杨升庵诞辰五百周年，四川省楹联学会、成都市楹联学会和新都杨升庵研究会于1988年5月开展了有奖征联活动。截至当年7月底，共收到全国各地歌颂升庵功绩、赞美桂湖风光的应征联文344副。经评选，获奖的有57名，其中一等奖5名，二等奖13名，三等36名，荣誉奖3名。

一等奖（5名）

对湖水而仰前贤，遗我清芬，六月荷花八月桂；
望滇云还伤远戍，著书边徼，一重楼阁万重山。

成都　钟树梁

廷杖益坚贞，任他瘴雨蛮烟，半生谪戍三千里；
功名垂竹帛，况此鸿篇巨著，一领风骚五百年。

都江堰　李士廉

逆鳞取义，被发行吟，写六诏风烟，犹见山鸣谷应；
澄虑经纶，潜心著述，论千秋文藻，堪称地负海涵。

成都　刘传弗

五百年六献犹存，声教被南荒，洱海苍山传韵事；
四十顷澄湖在望，风光冠西蜀，新荷老桂毓清芬。

新都　万自律

簪缨世胄，降丹山、济美凤毛。深佩凌云气概，揽月才情，
抡魁金榜，列秩玉堂。衣锦还旧居，缮修池沼亭台，重续钓游觞

咏，夸意匠、巧经营，亲植有荷花十顷，桂萼千株，艳引兰桡，香飘棋局，地接宝光，天磨镜色，宜晴宜雨，六时藻绘妙西湖。胜迹访新都，欣逢华诞想丰仪，状元祠宇供凭吊。

滇诏羁臣，望黑水、难生马角。暗伤怒触宸襟，威加廷杖，冤锁银铛，险膏斧钺。免冠流远徼，遍历风霜疠瘴，饱尝离别苦辛，羡宗师、饶著作，现犹存翰苑琼琚，升庵书牍，玲珑唱和，石鼓文音，四诗表证，百非明珠，如海如潮，万帙芸编尊北斗。忠魂归故里，每值芳辰怀大史，昭代神州任醉歌。

资中　王体诚

二等奖（13名）

逐客正伤南浦赋；
生涯聊听棘童歌。

重庆　徐无闻

春秋笔下敢褒贬；
逍遥篇中寄乐忧。

成都　苏文聪

桂蕊香波，迢迢云水酬逋客；
湖波话暖，夜夜梦魂慰芳心。

成都　喻光韶

（已刻挂于黄峨馆）

谏谪滇边，正气纵横惊北斗；
香飘桂苑，秋光爽朗胜西湖。

重庆　倪丁一

学富五年书，蜀中秀气公先得；
名高三鼎甲，天下文章孰后承。

上海　向江南

缓酌饮长天，斟绿浮金身在画；
调琴飞远兴，挥红咏紫世逢春。

什邡　徐式文

（已刻挂于杭秋舫居）

诤臣岁月，迁客情思，南荒风雨；
丹桂门庭，春闱领袖，薄海文章。

泸州　谢守清

身归故里无期，蜀水滇山含涕泪；
血食羁臣有守，春晨秋月写心声。

湖南　魏　寅

香城原蜀国故都，胜迹留芳，数千里外招游客；
宝地有升庵祠馆，名园增色，五百年来寿成仙。

新都　谢楷庭

（已刻挂于杨升庵祠澄心阁）

鸾凤炳文章，继太白东坡而兴，西蜀几人公比美；
江山留胜迹，极鉴湖西子之盛，秋风十里桂飘香。

简阳　傅承烈

福憎雄才，慨韩文柳博，坡老风流，万里更炎荒瘴海；
雄峙福地，有桂子莲花，湖山气派，千秋拜翰苑名家。

绵阳　廖基树

五百年文采风流，父子勋名，夫妻情谊，故里山川增色；
六十亩明湖胜境，亭台绮丽，莲桂芬芳，新都景物生辉。

成都　夏顺均

帝与阁争，臣同阉斗，岂能容我吕包，自迎来首辅川归，状元滇戍；
才因德茂，著以穷丰，纵未致君尧舜，应换取杨祠像蔼，黄馆诗香。

宜宾　陈季密

三等奖（36名）

碧荷新绿；
丹桂清芬。

重庆　谭　风

名士垂千古；
良书播九州。

南部　叶文芳

沉霞飞锦绣；
挹雨聚珍珠。

新都　黄良鉴

亭枕碧波上；
人游花海中。

重庆　熊　炬

只与雪霜斗艳；
不同荷桂争香。

成都　张国华

品德莲花媲洁；
诗文桂蕊齐香。

资中　钟书精

一池湖墨苦为伴；
满目桂荷香作邻。

雅安　毛明新

风摇柳叶迎青眼；
雨送书声漾碧波。

南溪　袁慕韩

半世文化行三迤；
一生博富名两湖。

新都　张祖涌

苍洱岷峨留胜迹；
渔樵耕读说先生。

都江堰　赵季常

百年人物存公论；
无限风光在桂湖。

河南洛阳　李鸿昌

纵无崔铣多知己；
尚有黄峨不负君。

南部　夏春松

桂花扑面香天地；
湖水铭心达是非。

马边　王远明

桂种名园萧艾远；
湖藏小阁芰荷深。

都江堰　张天健

桂蕊含芳香铁骨；
湖光泄彩耀文心。

彭州　李永怀

桂摘一枝人屡见；
书成百种世稀闻。

湖北黄梅　胡柱国

高耸危楼惊月坠；
低回柳岸咏诗还。

重庆　周鹏飞

植桂千株留后世；
攻书万卷效先生。

重庆　胡　寅

名士忠臣，振声朝野；
雄文巨著，遗爱蜀滇。

苍溪　寇继富

感愤离骚，声声见胆；
陶情乐府，字字关心。

湖北英山　萧浪平

宦海浮沉，自况莲藕；
闺房唱和，共谱宫商。

广元　张敬扑

品德文章，千秋溢彩；
湖光桂蕊，四季飘香。

成都　肖健卿

蜀国钟灵，三仙名后世；
龙门毓秀，四杰数先生。

新都　李义让

指点江山，大地恭逢盛世；
缅怀贤哲，小园长住杨公。

郫县　邓成梁

一样襟怀，能使丹青独立传；
百般文采，管教荷桂久含香。

成都　赖善成

江湖庙堂，忧乐一生天下事；
词章学术，诗文百卷世间情。

重庆　徐叔林

香满桂湖，试读残碑应感事；
名昭青史，每翻遗稿总陶情。

眉山　高望衡

桂馥湖边，添故土几分秀色；
文传海外，遗后人数点幽思。

崇庆　张子昂

桂以湖名，四野馨芬传远近；
地因人重，千年俎豆阅沧桑。

重庆　冯尧安

四十载词曲慨而慷，贤哲高风彰故国；
五百年风光今胜昔，桂荷清气满新都。

宜宾　朱野秋

千桂含芳，因先贤美德华章，香飘玉宇；
一湖吐秀，有满苑诗情画意，美媲草堂。

什邡　邱自操

一代文宗，叹满自荒烟，四百简编留几许；
两朝贤哲，有浑身正气，九州崇敬颂千秋。

成都　李永晖

两千里瘴海羁魂，乡心难锁，朝朝愁岁暮；
五百载遐荒往事，遗著尚存，处处说杨公。

都江堰　蓝荫鹏

赏西蜀名园，四季名花，迹著新都夸地美；
羁南滇伟士，一生伟节，祠修故址夺天工。

合江　宋希文

望蜀水滇云，叹当年江陵恨别，素娥冷露三秋桂；
仰清风明月，喜今日亭阁争辉，胜地名花一镜湖。

资中　黄尤辉

蜀中自古多名士，相如赋、太白诗、东坡词，益彰天府文风盛；
青史从来表贤臣，贾谊泣、魏征刚、信国忠，尤见千庵气节高。

温江　袁中行

荣誉奖（3名）

看四面波光，一天云影；
有三秋桂子，十里荷花。

成都　李金彝

桂影婆娑，清风明月伴乔梓；
湖光潋滟，碧叶黄花思鳔鹈。

成都　张少成

桂花馥郁影交加，榴阁芳踪历历，升庵遗像堂堂，世界且藏舟，任聆香饮翠，问津绿漪航秋水；

杨柳婀娜人缱绻，湖心粉蕾亭亭，书屋余音袅袅，锦江待飞虹，随坠月沉霞，观稼古城枕碧波。

注：此联集桂湖全二十二景名：桂花亭、交加亭、榴阁、升庵祠、香世界轩、藏舟山馆、聆香阁、饮翠桥、问津楼、绿漪亭、航秋舫居、杨柳楼台、湖心楼、亭亭、升庵书屋、小锦江、飞虹桥、坠月楼、观稼台、古城墙、枕碧亭。

新都　冯修齐

（原载冯修齐《桂湖古今楹联辑注》）

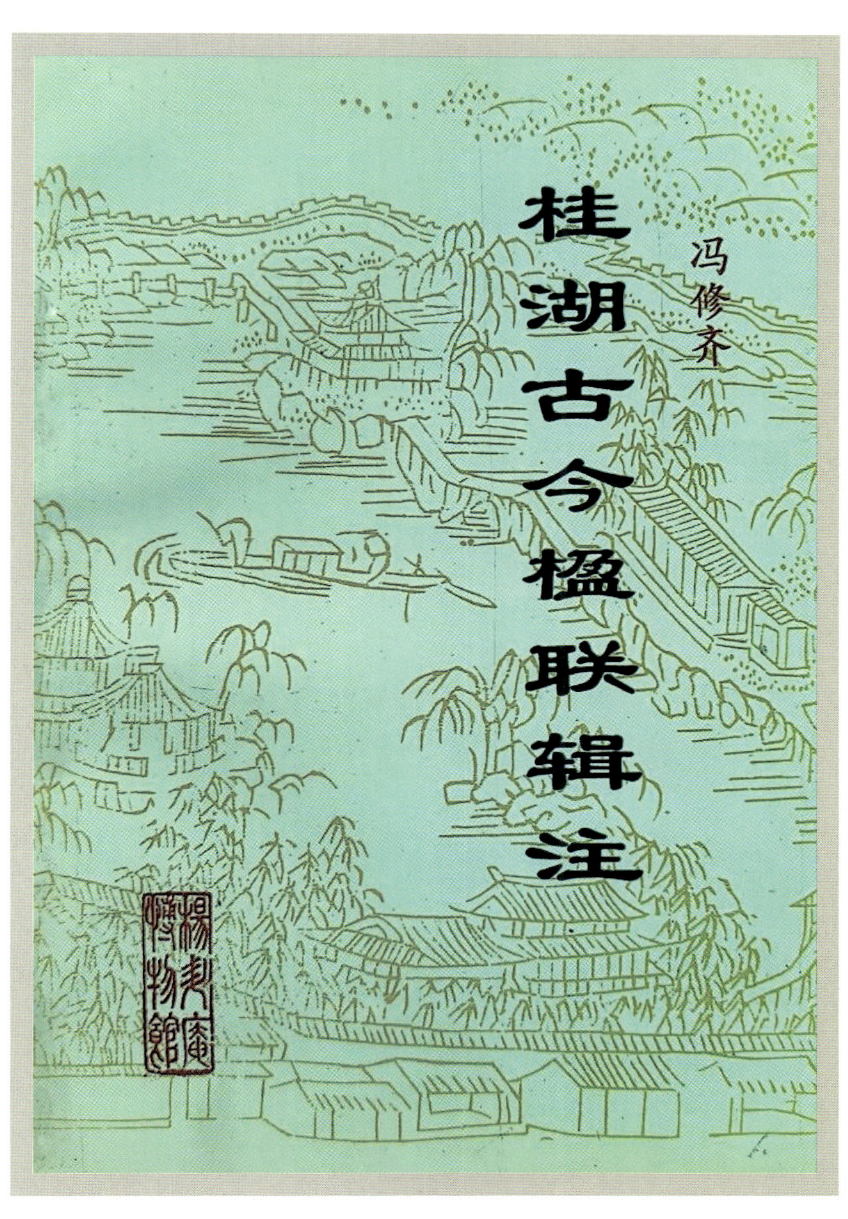

二、1996年新都五星桂花艺术节有奖征联

金秋八月，桂蕊飘香，举办了1996年新都五星桂花艺术节有奖征联活动。

从9月12日至10月8日，组委会共收到来自四川、陕西、甘肃、山西、湖北、湖南、安徽、江苏、福建、天津、广西、新疆、内蒙古等13个省、市、自治区和香港地区566名作者的946副对句。10月中旬，艺术节领导小组特聘中国楹联学会和四川省楹联学会部分专家，共同组成评委会。评出一等奖5名，二等奖10名，三等奖20名，优秀奖40名，入选奖80名，荣誉奖10名，组织奖5名。

出句：

五星啤酒，八月桂花，花香溢酒香，香风薰得香城醉；

一等奖　（5名）

百米清泉，万吨名饮，饮美超泉美，美质迎来美誉传。

成都　冯全生

一亿资财，百强企业，业喜催财喜，喜气带来喜事多。

新都　黄　铭

千载名泉，九州佳酿，酿美彰泉美，美稷酝成美醴丰。

成都　刘嘉汉

四海嘉宾，一方贤产，主乐偕宾乐，乐趣催来乐土游。

湖北　李必才

一代新风，三秋艺节，节好和风好，好酒迎将好客来。

天津　孙中华

二等奖　10名

六合素茶，九秋活水，水韵副茶韵，韵事引来韵友多。

成都　郭君恕

三宝禅林，千秋湖水，水美涵林美，美节迎来美境欢。

南京　冯广宏

万代佳词，千秋丽句，句锦联词锦，锦色铺成锦里妍。

重庆　倪丁一

百代名湖，千年韵事，事古传湖古，古迹妆成古国骄。

泸州　余安中

三李名诗，二王圣墨，墨韵融诗韵，韵宇裁成韵格高。

广汉　罗永嵩

一代妙联，千秋佳酿，酿艺兴联艺，艺事催来艺苑荣。

彭州　郭定乾

四海驰名，九州饮誉，誉满兼名满，满盏斟来满席欢。

香港　卢鸿儒

九夏青莲，三冬翠竹，竹韵飞莲韵，韵味邀来韵士吟。

新都　黄怀举

百代文豪，千年佛骨，骨气加豪气，气魄换来气象新。

都江堰　张开钦

一则征联，九州应对，对绝酬联绝，绝唱招来绝品半。

新都　黄紫堂

三等奖　20名

四海嘉宾，千樽醇酿，酿好酬宾好，好景迎来好客游。

新都　李竹山

万亩鉴湖，一堤烟柳，柳胜兼湖胜，胜景妆成胜地荣。

都江堰　李让泉

三代蜀都，千年锦水，水秀添都秀，秀色招来秀士吟。

眉山　徐聘能

九土名园，一泓秋水，水秀增园秀，秀色邀来秀士吟。

成都　刘成志

六诏传诗，一园度曲，曲艺沿诗艺，艺节添成艺苑春。

绵阳　文伯论

六诏云烟，三春杨柳，柳美含烟美，美景引来美梦长。

金堂　薛玉树

万里长江，一篙春水，水美涵江美，美人游从美国来。

成都　喻光韶

一副征联，千家答卷，卷妙追联妙，妙手敲成妙对多。

新都　华光春

千里蜀山，一湖秋水，水美连山美，美景赢来美誉长。

成都　徐光才

六月红莲，三秋黄菊，菊雅追莲雅，雅兴招来雅士歌。

新都　杨清远

一样心情，千般联意，意盛兼情盛，盛世带来盛景多。

新都　叶元辉

两地联情，四川神韵，韵雅传情雅，雅友邀来雅句新。

内蒙古　侯　广

一夕清吟，三杯畅饮，饮兴助吟兴，兴致盎然兴味长。

福建　刘福铸

一代哲人，千秋初业，业绩兼人伟，伟绩铸成伟器殊。

重庆　严子昭

百代高僧，千秋佛法，法慧增僧慧，慧业修来慧果圆。

乐山　释永玉

九塞风情，三秋雪景，景盛滋情盛，盛意迎来盛世昌。

新都　李希绪

万古神泉，千年名寺，寺秀添泉秀，秀景促成秀地兴。

新都　杜晓鸿

一寺梵天，两湖翰墨，墨宝壮天宝，宝地留来宝塔雄。

新都　邱　羽

赤岸灵山，白螺神水，水乐催山乐，乐事谱成乐土歌。

新都　谢楷庭

古蜀祥云，新都宝地，地锦辉云锦，锦彩绘成锦里雄。

新都　肖德铭

优秀奖　40名

八宝芳茶，五方良药，药胜加茶胜，胜品从来胜地生。

新都　李受天

一片乡心，满园游客，客乐抒心乐，乐日高吟乐苑情。

新都　温鼎成

万里古桥，半江秋水，水影泛桥影，影像唤将影事回。

成都　邓代昆

四海游人，三秋彩画，画美照人美，美景邀来美地游。

新都　刘友聪

九夏粉荷，三春红杏，杏艳滋荷艳，艳色饰将艳日娇。

成都　王体明

百岁瑞人，四时凡鸟，鸟乐融人乐，乐道陶然乐土安。

新都　华光乐

千载名园，一池秋水，水碧映园碧，碧绿化为碧海腾。

新都　彭宁光

一盏清茶，十年挚友，友美兼茶美，美景赢来美士情。

成都　黄运贵

三块彩云，千年神女，女秀依云秀，秀色融成秀水腾。

蓬溪　王家铭

一代谪人，满湖清气，气正如人正，正气浩在正义申。

成都　伟　巍

万顷碧波，一轮明月，月美融湖美，美景谱成美夜歌。

新都　戴德宗

一品仙茶，三江活水，水色溶茶色，色彩陶成色韵幽。

新都　李　垚

百代明湖，一池碧水，水丽映湖丽，丽景迎来丽日升。

新都　黄作美

十里平湖，三春杨柳，柳碧染湖碧，碧带绕从碧水流。

成都　窦志成

万户弦歌，千家月饼，饼美谐歌美，美味竞随美景来。

金堂　李云鹏

四海友人，两湖秋景，景好兼人好，好事缘于好地灵。

成都　张熙贵

千古诗人，一宵秋雨，雨急催人急，急境引来急愿呼。

成都　重　木

万里吴帆，一江蜀水，水绿莹帆绿，绿浪腾来绿岸幽。

双流　杨彦修

两代名人，千秋正义，义气仲人气，气节传流气势雄。

双流　李仲辽

百亩平湖，三春杨柳，柳绿添湖绿，绿色染将绿树浓。

双流　罗光骥

一纪新年，九州春色，色美逐年美，美景缘来美政优。

新都　杨世香

十里长街，百家村社，社富连街富，富景思随富国谋。

金堂　徐　征

十里明湖，三春杨柳，柳美笼湖美，美景引来美凤翔。

成都　李定一

两岸青山，一江春水，水绿连山绿，绿树伴随绿草生。

成都　汪越超

一代新风，满园春雨，雨好随风好，好酒酿成好客尝。

成都　李奇祥

千顷平湖，万丛杨柳，柳锦浸湖锦，锦色勾来锦水魂。

新都　刘光裕

一代雅人，千年青史，史正缘人正，正气赢来正道弘。

成都　刘佳士

四海联文，三山墨客，客雅兼文雅，雅韵装成雅室新。

都江堰　王晋康

两岸春天，一湖秋水，水好连天好，好景带来好运长。

成都　强缉熙

千里客人，三春林鸟，鸟意通人意，意境化成意味浓。

重庆　李忠辉

数卷遗诗，几湾湖景，景雅蕴诗雅，雅地招来雅客游。

成都　文忠毅

九寨名沟，三秋美景，景秀满沟秀，秀木紧连秀水澄。

新都　黄　泽

千佛梁碑，二龙唐础，础古承碑古，古石咏为古蜀吟。

新都　张祖涌

九辩楚辞，三都汉赋，赋韵源辞韵，韵律铿然韵士吟。

新都　周雪樵

六诏云烟，三春杨柳，柳美映烟美，美梦愿从美景图。

广汉　张祖泽

六诏烟云，千秋辞翰，翰锦织云绵，锦水萦回锦里春。

广汉　张学渊

千载新都，一方文苑，苑锦连都锦，锦缎绣成锦里春。

成都　王正尧

一寺梵音，满湖秋色，色好谐音好，好景招来好客多。

金堂　黄紫泉

四季名园，三春杨柳，柳美增园美，美景引来美士倾。

都江堰　赵季常

一处甘泉，九秋黄菊，菊馥增泉馥，馥气带来馥土荣。

新都　沈孝骞

1996年新都五星桂花艺术节获奖联赏析

攸 文

1996年新都五星桂花艺术节有奖征联，在短短的20多天时间内，收到了来自全国各地的近千个对句，评委会从中选出了165个获奖对句。这些对句，包含了广泛的题材，丰富的内容，运用了各种不同的艺术表现手法。它们紧扣出句，巧思迭起，妙语连珠，各辟蹊径，殊途同归。真是百花齐放，千联竞秀，美不胜收，展现了楹联艺术在社会生活中的坚实基础和广阔前景。

首先谈谈本次征联出句的艺术构思及其特点。

五星啤酒，八月桂花，花香溢酒香，香风薰得香城醉；（出句）

出句紧紧围绕新都五星桂花艺术节这个主题，以啤酒和桂花大胆落笔，以花香和酒香巧妙渲染，以香城新都被陶醉的夸张设想作为艺术构思，来映衬这次艺术节将产生的轰动效应和深远影响。出句在句法上有以下特点：一、全句20个字，呈4—4—5—7组成，停顿处音调为仄、平、平、仄，符合“马蹄韵”；二、五星啤酒、八月桂花，常言熟语，顺手拈来，构成工稳的“当句对”；三、第二停顿间，紧邻两个“花”字，第三停顿间，紧邻两个“香”字，构成巧妙的“顶针格”；四、出句用了两个“酒”字，两个“花”字，三个“香”字；五、“香风熏得香成醉”结构复杂，“香风”与“香城”均有“香”作定语。因此，大大增加了对句的难度。一位楹联高手来信说：“出句文采飞扬，已臻胜境；对句难赓难和，搜索枯肠，仍觉未当。”也有楹联爱好者说：“你们出了这么一道难题，时间又是如此短促，这考场太难进了。”面对难题，人们知难而进，奋笔而上，有的数易其稿，直到满意为止。从最终收到的对句看来，佳对妙句，层出不穷，使征联取得了圆满成功。对句的题材广泛，内容丰富，主要归纳为以下几个方面：

讴歌艺术盛会

作为新都五星桂花季艺术节征联，按照这种特定的地点和内容来对句是顺理成章的：“四海嘉宾，一方贤主，主乐偕宾乐，乐趣催来乐土游。”它描绘了宾主同乐，共庆佳节的场面，对句十分妥贴。特别是“乐土”对“香城”，尽管都指新都，但意境和出处各不相同。再看“一代新风，三秋艺节，节好和风好，好酒迎将好客来”。它赞美了以啤酒、桂花为地方特色的艺术节，开创了文经结合的新风气，也迎来了四海嘉宾。上下句以“风”“酒”二字互对，别出心裁。“一则征联，九州应对，对绝酬联绝，绝唱绍来绝品丰”。直接阐述艺术节征联在国内所起的强烈反响，并说明这次征联将有力促进企业和产品的发展。题材新颖，立意鲜明，实属佳联。

描绘地方风物

艺术节的举办地在升庵桂湖，也在香城新都，因而对句多以上述范围的名胜、名人为内容。如写升庵桂湖的：“百代名湖，千年韵事，事古传湖古，古迹妆成古国娇。”写明代学者杨升庵的：“一代哲人，千秋功业，业伟兼人伟，伟绩铸成伟器殊。”写杨升庵、黄峨夫妇的：“六诏云烟，三春杨柳，柳美含烟美，美景引来美梦长。”写杨廷和、杨升庵父子的：“两代名人，千秋正义，义气伸人气，气节传流气势雄”等对句。超越升庵桂湖，有写新都宝光寺和桂湖的：“三宝禅林，千秋湖水，水美涵林美，美节迎来美境欢。”有写新都白螺泉和宝光寺的：“万古神泉，千年名寺，寺秀添泉秀，秀景促成秀地兴。”有写宝光寺内梁碑和唐础的：“千佛梁碑，二龙唐础，础古承碑古，古石咏为古蜀吟”等对句。这些作者，按理说应当是熟悉地方风物、历史掌故的新都人，但其中有许多是外地人，显然在掌握和运用新都文献资料上是下了一番苦功的。

赞美祖国河山

这次征联的作者，遍布于天南海北，他们以熟悉的景物，切身的体会，细腻的笔触，写出了大量赞美祖国瑰丽风光的对句。其中有以四川著名风景区九寨沟为内容的：“九寨风情，三秋雪景，景盛滋情盛，盛意迎来盛世昌。”有以长江三峡为内容的：“三峡彩云、千年神女，女秀依云秀，秀色融成秀水腾。”有以长江流域风光为题的：“万里吴帆，一江蜀水，水绿莹帆绿，绿浪腾来绿岸幽。”还有的作者浮想联翩，跨越时间和空间，来到升庵桂湖观赏美景：“千里蜀山，一湖秋水，水美连山美，美景赢来美誉长。”

更有的作者以外宾来中国旅游的题材为对句："万里长江，一篙春水，水美涵江美，美人游从美国来。"这里的"美人"，不单指美丽的女士、小姐，也指美国人、美洲人、美籍华人、具有高尚道德情操的人。弘扬中华文化中国是世界文明古国，中华文化源远流长，内涵丰富。楹联本身就是中国传统文化的一个组成部分，以楹联这种群众喜闻乐见的艺术形式又可以阐发中华文化的方方面面。

本次出句体出了中华酒文化，以中华茶文化应对的有："六合素茶，九秋活水，水韵副茶韵，韵事引来韵友多。"此句甚妙，因出句酒与花的特点是香，而对句茶与水的特点是韵。"韵"是个多义词，这里作韵味讲，品其味，赏其韵，这是饮茶的最高境界。以中华传统诗词和书法应对的有："三李名诗，二王圣墨，墨韵融诗韵，韵宇裁成韵格高。"句中"三李"指唐代著名诗人李白、李贺、李商隐；"二王"指书圣王羲之及其子王献之。由于他们气度不凡，形成了诗、书的高品位。以楚辞、汉赋名篇应对的有："九辩楚辞，三都汉赋，赋韵源辞韵，韵律韵，韵律铿然韵士吟"。以杜甫《茅屋为秋风所破歌》语意应对的有："千古诗人，一宵秋雨，寸急催人急，急境引来急愿呼"等。中华文化也包括佛教文化，以佛教以及其哲理应对的有："百代高僧，千秋佛法，法慧增僧慧，慧业修来慧果圆。"佛教僧人的参与，使这次征联平添新意。

"一副征联，千家答卷，卷妙追联妙，妙手敲来妙对多"。在众多的妙对中，除上

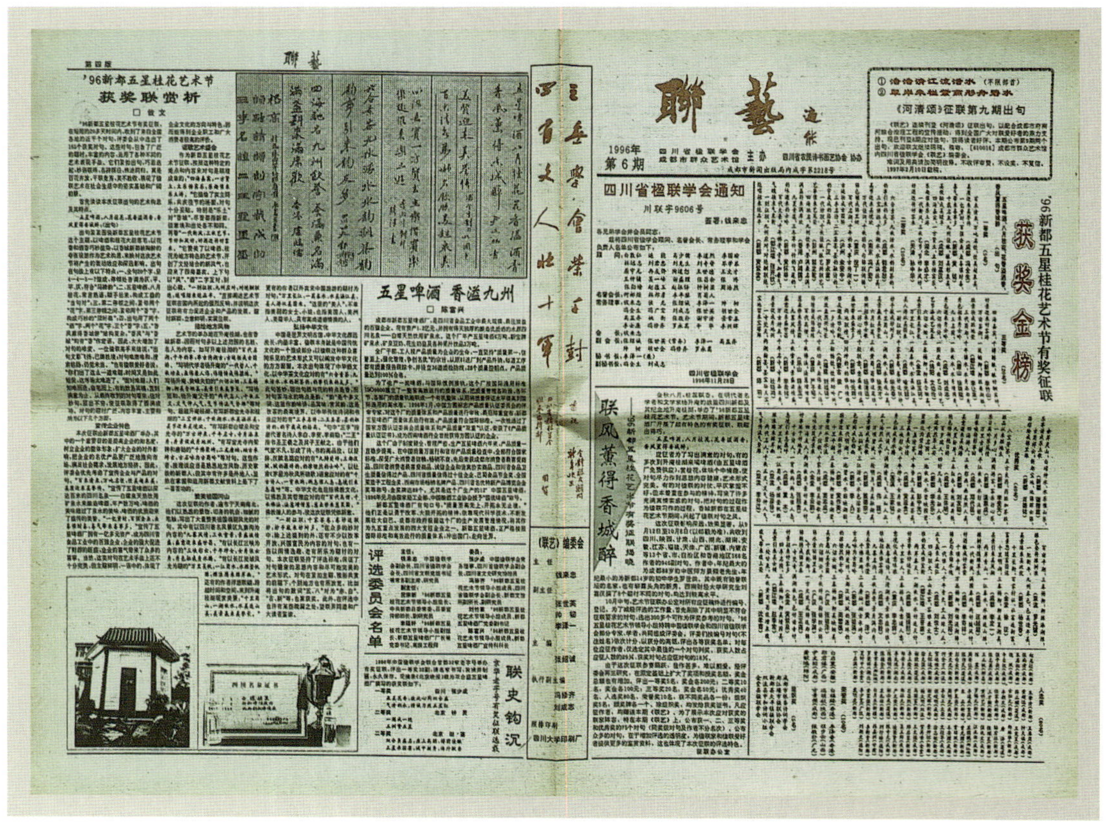
联艺

1996年 第6期

四川省楹联学会 成都市群众艺术馆 主办

《河清颂》征联第九期出句

四川省楹联学会通知

川联字9606号

'96新都五星桂花艺术节有奖征联获奖金榜

'96新都五星桂花艺术节获奖联赏析

五星啤酒 香溢九州

联风薰得香城醉

评选委员会名单

联史钩沉

述提到的外，还有不少以改革开放、兴国富民为内容的对句，也有一些以闲情逸趣、老有所乐为题材的对句。本次征联坚持了评选标准，保证了对句健康的思想内容和尽可能完美的艺术形式。对句在紧扣主题、雅俗共赏的前提下，个别地方也有所放宽。比如将出句的数词“五、八”对为“赤、白”“古、新”等，也算获奖。此外，在评选中也许有某些疏漏之处，望联界同道和广大读者鉴谅。

（原载《联艺》1996 年第 6 期）

三、2007年桂湖荷花节海内外有奖征联大赛

新都桂湖是明代著名学者杨升庵的故居，全国重点文物保护单位，又是全国十大荷花观赏地、五大桂花观赏地之一，桂湖荷花品种繁多，尤以桂湖红莲著称于世。新都桂湖自1994年与中国荷花协会联合举办首届桂湖荷花展以来，现已形成每年一度的桂湖荷花节。

2007年的桂湖荷花节从6月10日开始，8月30日结束。在此期间，四川省楹联学会与成都市新都杨升庵博物馆，联合举办桂湖荷花节海内外有奖征联大赛，收到全国各省、直辖市、自治区、特别行政区及美国等地2048人的应征稿件2416份，得对句13288条。本次大赛，成为四川省历次征联中规模最大、应对稿件最多的一次大赛。应对者中，年龄最大的92岁，最小的9岁。中国楹联学会柳州函授院、天津市老年大学楹联班的学员们多次集体来稿，中国楹联学会、全国各地的楹联学会和许多著名的楹联家对本次大赛给予了热情的支持。

9月5日至12日的8天时间内，征联大赛评审委员会组织楹联专家，以严肃公正、认真负责的态度，对所有来稿进行了初选、评审和复议。评审中，每联分别计分，以分数高低确定奖次和排列顺序。为加大获奖面，限选得分最高的一个对句评奖，其余对句不再入选。兹将获奖金榜、获奖对句、对句评述、出句者对句、大赛评委会名单公布于下。

征联出句

1. 乐土薰风，荷香十里桂湖美；（征下联）
2. 霞衣翠扇，花中君子水中仙。（征上联）
3. 花冠饰可人，清波玉立；（征下联）
4. 屈子诗，茂叔文，红莲一朵千秋艳；（征下联）
5. 荷风送爽，荷香醉客，荷露沁心，荷月含情，香城六月花开好；（征下联）

获奖金榜

荣誉奖（10名）

余德泉（湖南长沙） 李五湖（广东广州） 金实秋（江苏南京）
叶子彤（北京市） 杨昌永（重庆市） 周渊龙（湖南湘潭）
伍郁仕（美国） 文伯伦（四川绵阳） 刘友竹（四川成都）
徐聘能（四川眉山）

一等奖（1名）

出句：

屈子诗，茂叔文，红莲一朵千秋艳；

征下联

对句：

稽含状，景纯赞，丹桂千枝一脉香。

安徽安庆　白启寰

二等奖（4名）

出句1：

乐土熏风，荷香十里桂湖美；

征下联

对 句：

锦城好雨，花重千秋诗意新。

陕西兴平　宋　村

出句2：

霞衣翠扇，花中君子水中仙；

征上联

对 句：

金盏银台，宫外江妃帘外客。

四川成都 萍 帆

出句4：

屈子诗，茂叔文，红莲一朵千秋艳；

征下联

对 句：

华阳志，益州记，绿水双江万派流。

四川都江堰 余昌一

出句5：

荷风送爽，荷香醉客，荷露沁心，荷月含情，香城六月花开好；

征下联

对 句：

花信循时，花雨怡人，花容焕彩，花楼挹锦，雨色一楼荷更娇。

河北张家口 董汝河

三等奖（10名）

出句1：

乐土熏风，荷香十里桂湖美；

征下联

对 句：

蓉城春雨，花艳千家锦水欢。

四川成都 余定川

新都碧水，柳染千波画舫轻。

辽宁本溪　谢　毅

出句2：

霞衣翠扇，花中君子水中仙。

征上联

对　句：

金榜黉门，殿上状元池上客；

四川新都　刘建勋

钛臂钒身，世外旅人天外客；

四川都江堰　马非白

出句3：

花冠饰可人，清波玉立；

征下联

对　句：

朱履温重土，寂夜香浮。

广东阳江　康斯馨

出句4：

屈子诗，茂叔文，红莲一朵千秋艳；

征下联

对　句：

陶令句，俊卿画，霜菊几丛三径馨。

香港　李敬邦

东坡记，板桥画，绿竹三竿万叶荣。

北京市　王中隆

出句5：

荷风送爽，荷香醉客，荷露沁心，荷月含情，香城六月花开好；

征下联

对 句：

桂魄常明，桂酒醺人，桂宫下榻，桂冠遂意，酒肆千冠夜笑欢。

四川成都　徐光才

桂醑催吟，桂蕊妆笺，桂坊舒意，桂庭拾趣，蕊苑三庭骖驻多。

四川成都　萧　炬

柳浪飘柔，柳叶醒春，柳绵飞雪，柳丝钓水，叶脉千丝影弄娇。

天津市　赵兰菊

优秀奖（50名）

出句1：

乐土熏风，荷香十里桂湖美；

征下联

对 句：

尧天霁月，光耀重霄锦水澄。

四川新都　冯叔壁

宝光慈雨，德厚千秋福地新。

四川绵阳　季家俊

丰功伟业，国盛千秋华夏昌。

美国　叶恒青

清波皓月，桂馥三秋荷节开。

广西南宁　刘华春

文坛巨匠，名重千秋杨慎雄。

贵州贵阳　黄正麒

平川皓月，花影千重天府新。

贵州贵阳　卢治国

春天好雨，谷满千仓天府饶。

福建闽清　陈海纯

歌台夜月，桂馥千株荷沼馨。

四川蒲江　许世勤

新都盛节，花艳千塘锦里荣。

安徽合肥　姚　莉

芳园爽气，景靓三秋天府稀。

四川成都　樊尚玉

青城问道，烛影三更古观幽。

四川成都　席兴发

出句2：

霞衣翠扇，花中君子水中仙。

征上联

对 句：

玉瓣金莲，座上如来天上佛；

新疆喀什　谭里仁

玉叶金枝，世上芳邻天上客；

四川双流　黄福泉

紫绶红袍，翰苑状元文苑杰；

四川中江　蒋海福

雪蕊丹葩，月里灵根园里树；

四川彭州　郭定乾

玉蕊芳心，湖上灵根天上种；

四川新都　温鼎成

玉貌冰心，夏月诗篇秋月画；

湖南株洲　黄家宪

铁马金戈，塞上秋风弓上箭；

四川金堂　李培森

金粟琼枝，湖畔芳邻台畔友；

四川金堂　薛玉树

玉骨冰肌，化外精灵尘外客；

天津市　庞学善

玉履粉巾，湖上佳人溪上客；

江西宜春　潘一之

鳞甲虬枝，岩上大夫峰上伞；

四川郫县　张昌福

出句3：

花冠饰可人，清波玉立；

征下联

对 句：

木侧悬圭玉，黄蕊秋凝。

海南海口　周筱蓉

树木生重土，美蕊香飘。

四川蓬溪　吴顺亲

佳木荣重土，韵致风流。

四川新都　史良英

佳木出重土，丽蕊香飘。

四川成都　张声渝　安庆选

水畔迎古月，彩影风摇。

四川成都　罗洪深

出句4：

屈子诗，茂叔文，红莲一朵千秋艳；

征下联

对 句：

宋君句，明臣韵，碧水双陂十里香。

四川新都　杨　玲

升庵树，鼎堂字，金粟连枝万里香。

四川双流　杨大明

湖州画，东坡笔，墨竹双图满室辉。

四川成都　李文平

平湖水，永昌月，金桂双城万里香。

四川西昌　冯笃松

睢阳齿，常山舌，赤胆孤标百代钦。

四川金堂　贺再章

刘郎曲，厚生赋，翠竹千条一路歌。

四川成都　李定一

卢仝茗，刘伶酒，玉液三杯百虑消。

四川金堂　李云鹏

东坡赋，升庵集，妙笔孤臣两代雄。

湖南沅江　徐渐昌

醉翁句，陶公韵，绿叶千层一脉香。

广西钦州　陈宇鸿

升庵赋，缶庐画，丹桂千株一品香。

甘肃崇信　刘志刚

东坡记，板桥画，翠竹双竿百里遒。

河北开滦　苏雪峰

出句5：

荷风送爽，荷香醉客，荷露沁心，荷月含情，香城六月花开好；

征下联

对　句：

柳火煎茶，柳翠鸣鹂，柳营试马，柳条赠别，翠影千条咏赞多。

四川大邑　张　维

桂苑凝芳，桂韵宜人，桂湖揽胜，桂秋寄兴，韵事千秋水漾清。

安徽铜陵　周广征

蜀锦生辉，蜀宝迷人，蜀楼摩宇，蜀都溢雅，宝地三都貌换新。

美国　梅卓祥

桂阁凌云，桂锦辉天，桂姿丽水，桂秋惬意，锦里三秋蕊放馨。

四川大邑　王荫祠

蜀酒飞觞，蜀锦扬名，蜀笺寄概，蜀江放棹，锦里双江水变清。

四川成都　刘平凡

桂子通灵，桂馥怡神，桂浆和络，桂池生色，馥国双池景正幽。

北京市　马骏祥

桂蕊飘馨，桂酒宜人，桂冠扬志，桂秋适意，酒肆中秋醴正醇。

四川成都　刘佳仕

桂蕊朝阳，桂馥宜人，桂湖荡棹，桂秋会友，馥地中秋景更妍。

湖南桃江　丁共和

墨韵怡神，墨宝生辉，墨缘结谊，墨姿弄趣，宝地千姿景出新。

美国　黄荣伙

湖镜铺银，湖水浮金，湖春跃鲤，湖秋落雁，水国千秋波自平。

湖南沅江　鲍寿康

桂魄涵馨，桂树成林，桂冠酬志，桂丛圆梦，树荫千丛蕊斗妍。

山东淄博　苏振学

湖水泛金，湖景迷人，湖光悦目，湖秋遂意，景象三秋彩抹浓。

广东江门　张国培

桂湖荷花节自撰联选

编者按：在2007年新都桂湖荷花节海内外有奖征联大赛期间，许多参赛者同时寄来自撰联，虽不属评选范围，但热情可嘉，深表谢忱。兹选载于此，以飨读者。

六月荷花千秋艳；
三秋桂蕊八月香。

湖南桃江　龚谷生

六月荷花迎奥运；
三秋桂子靓中华。

河南义马　甄合平

十大荷花观赏地；
千年新邑旅游区。

福建柘荣　陆琪灿

荷灿桂湖一派景；
花香蜀地九州情。

河北成安　宋　领

出自污泥恒保洁；
生逢酷暑岂趋炎。

广东阳江　杨　怀

花绽和谐，六月飘香凭客赏；
品臻高雅，一尘不染任泥污。

湖北监利　姚维芳

碧盖撑天，珠露滚盘流玉韵；
红花照水，笑容盈靥溢春心。

广西罗城　廖文焕

浪逐动荷风，水面银盘摇秀首；
香飘生桂雨，枝头金蕊沁幽心。

湖南浏阳　罗昭明

难描胜地风光，满城霞彩满城画；
偏爱荷花世界，万朵奇葩万朵香。

湖南湘阴　余培发

（原载《天府联苑》2007 年第 3 期）

杨慎楹联考述

杨慎楹联考述

杨慎（1488—1559），字用修，号升庵，晚号博南山人、滇南戍史、金马碧鸡老兵等，四川新都（今成都市新都区）人。明代首辅大学士杨廷和之子，明武宗正德六年（1511）殿试第一，高中状元，授官翰林院修撰，充经筵讲官，预修“武宗实录”。嘉靖三年（1524），因“议大礼”触怒明世宗嘉靖皇帝，惨遭廷杖，死而复苏，被谪戍云南永昌卫（今保山市），终身未赦，72岁病死于昆明，归葬新都。

杨慎在云南把仕途的失意化为动力，孜孜不倦地从事文学创作和学术研究，并深入边地，游历考察，讲学授徒，著书立说。在他影响和带动下，滇士从者如云，其著名的有“杨门六学士”和“杨门七子”，对当时文化落后的云南产生了深远的影响。杨慎一生著述四百余种，现存一百余种，内容涉及文学、史学、哲学及天文、地理、医学、生物、金石、书画、音乐、戏剧、宗教、民俗等。《明史・杨慎传》云：“明世记诵之博，著作之富，推慎为第一。”

楹联肇始于五代，发展于明代，盛行于清代和当代。在明代，楹联还未进入文学创作正途，尚属小道，没有得到社会和杨慎本人的重视，随写随弃，大多散佚，故无楹联专集传世。杨慎楹联，就目前记载情况来看，数量很少。清人梁章钜《楹联丛话》中仅有1副，当代《中国楹联大辞典》仅有4副，《巴蜀名胜楹联大全》仅有6副，《云南名胜楹联大观》仅有3副，《中国名人对联集》仅有26副，除了其中能确认为杨慎楹联的以外，许多楹联不可考，或摘取杨慎诗句为联，或伪托杨慎所撰。笔者长期从事杨慎研究和楹联研究，40多年来对杨慎楹联进行了广泛的收集和鉴别，获得的数据充分证明，杨升庵的楹联创作丰富，惜少有遗存，但留下的多为精华。他在中国楹联史上成就彪炳，不愧是明代四川和云南联坛的先驱者和中国著名楹联家。

笔者原供职于新都杨升庵博物馆，从20世纪70年代以来，多次沿着杨慎足迹，来往于全国各地，进行数据搜集、学术考察。同时，对杨慎楹联特别关注，在四川和云南实地踏访，查阅文献档案，收求联书联刊，共得杨慎所撰楹联20副，其中后人摘取杨慎诗句为联者15副，杨慎楹联存疑者5副。今加上说明和简注，分列于下。

一、有史料记载和实物可证的杨慎楹联

杨慎成都故宅联

尘世英雄易老；
浮生踪迹难同。

杨慎成都故宅，原为明代首辅杨廷和在成都的府第。因其子状元杨慎曾居此，后称状元府，所在的街道称状元街。1934年《华阳县志》卷二十八《古迹二·杨升庵宅》载：“清乾隆中，查礼宦蜀，租宅成都，适居于此……自言少年阅肆樱桃斜街，见新都杨文宪公书联……喜购以归。及来守宁远，初僦屋，乃得升庵此宅，惊为豫忏。宅邻护国寺，因从寺僧借地，筑室一椽，即榜以‘升庵’，为子弟读书处，且张此十二字壁上。”另据史料记载：清代，杨氏后人将状元府卖给了川东道尹符兆辉。

1980年，笔者亲赴成都状元府考察采访，得知状元府在状元街33号，三进四合院，院内共有9个小院，大门外两座石狮子雄踞，两棵桂花树挺拔。当时状元府已成为四川省冶金厅、机械厅、轻工厅、煤炭厅的职工宿舍，共住有六十多户人家。2000年，状元街和状元府在城市建设中拆除。

此联当为杨慎谪戍云南后所撰书，故有如此感慨。

大邑雾中山天国名山坊联（二副）

一

天下无双地；
雾中第一山。

四川大邑县雾中山，在大邑县西北雾山乡境内，传为汉代印度高僧摄摩腾、竺法兰结庐于此，成为佛教圣区，天国名山。山上曾有一百八十寺、四十庵，僧众数千人。汉代司马相如，唐代张俞，宋代文同、陆游、明代杨慎、清代李惺等名人学士都曾来游，多留题咏。山有七十二峰，一百零八盘，主峰海拔1638米。方圆约十平方公里。此山常有云雾上覆，或曰“山恒孕雾”“雾中池月”，是著名的“大邑八景”之一。

明嘉靖十八年（1539）正月，杨慎到邛州（辖今成都市邛崃、蒲江、大邑三市县），与邛州知州张纪、大邑知县吴兴等人游雾中山，为开化寺“天国名山”石牌坊题书坊额，撰书楹联。此联为“天国名山”坊外侧柱联，简短十个字，赞美雾中名山，峻秀天成，环境幽绝，天下无双，故以“无双地”“第一山”誉之。

又有杨慎题云南鹤庆天华山联：

云海无双地；
匡州第一山。

此联仅将“天下”改为“云海”，“雾中”改为“匡州”，显系后人托杨慎之名，仿大邑雾中山“天国名山”坊联而成。

二

春水、夏云、秋月、冬风，宝地占四时之景；
西瞿、东胜、北卢、南赡，京天统万法之宗。

四川大邑县雾中山开化寺，创建于东汉明帝永平十六年（公元73年），原名大光明普照寺，晋代改名显应寺，明宣宗时更名开化寺。明嘉靖十七年（1538），杨慎奉戎檄归蜀，次年初春作邛州之游。清嘉庆《邛州志·人物志·流寓·杨慎传》：“嘉靖中至邛州大邑，尝约邛州太守梦德张纪、大邑县令吴兴、邛州李廉、王葵，偕游雾中山。”众人陪杨慎夜宿开化寺，与寺僧畅谈禅理，并应请撰写了《雾中山开化寺碑记》和“天国名山”石牌坊楹联。

这副楹联为“天国名山”坊内侧柱联。想象丰富，气势饱满，颇具特色。上联从雾中山四季的景物写到青雾梵天坊周围的环境：雾中山这块宝地四季都有它的美景，春天潺潺明澈的泉水，夏天变化无穷的云气，秋天金光映池的明月，冬天拂松如铃的风声。春水，是指开化寺左数十米处，一股泉水穿岩穴而出，此水有八种特点，杨慎称之为“八功德水”。据《太史升庵全集》卷七十六《八功德水》载：“八功德水，一清、二冷、三香、四柔、五甘、六净、七不噎、八除病。”下联从开化寺联想到整个佛法统摄的大千世界：按照佛教的观点，整个宇宙都统摄于佛法的主旨之中，包括宇宙中心须弥山四周咸海里的四大部洲。

西瞿、东胜、北卢、南赡：指“四大部洲”中的西瞿伽尼洲、东胜身洲、北俱卢洲、南赡部洲。京天：泛指所有的天。“京”为数词，即一千万；“天”为佛教指众生生存的环境，如欲界六天，色界十八天，无色界四天。万法之宗：指万事万物尽管形式上变化多端，都有其宗旨，即本质或目的不变。

1993年4月27日，笔者与《四川政协报》魏秋菊总编辑、大邑县文化局副局长兼文管所长胡亮等，曾到大邑雾中山“天国名山”坊实地考察。有《大邑雾中山考古游》一文可印证。

峨眉山寺联

奇胜冠三蜀；
震旦第一山。

《太史升庵全集》卷七十六《峨眉山》载：“余书峨眉山寺简版曰‘奇胜冠三蜀（晁公武语）；震旦第一山’（佛经）。刘东阜云：不如以王右军‘昆仑伯仲地’易‘奇胜冠三蜀’义。”晁公武（1105—1180）：南宋济州钜野人，靖康末年入蜀避乱，官至礼部侍郎。在所著《郡斋读书志》中谓峨眉“奇胜冠三蜀”。刘东阜（1475—1542）：名大谟，字远夫，明代考城（今河南兰考县）人。正德二年（1507）进士，官四川巡抚，曾修《四川总志》，与杨慎多有唱和。

三蜀：指汉初分蜀郡置广汉郡，武帝时又分置犍为郡，合称三蜀。震旦：印度对中国的古称，佛经中常用。

犍为隆角池联

泉头自古生隆角；
池上于今有凤毛。

犍为县建于隋文帝开皇三年（583），属戎州。唐至明代属嘉州，现属乐山市。杨慎曾来此，作有隆角池联。

《古今图书集成·职方典》卷六百二十七《嘉州山川考》载：“犍为县隆角池在城西，乃邑之水星也。脉接凤山，一泓清冽。状元杨升庵有此联，盖深有取云。”

南溪县桂溪桥亭联

泉引天墀流碧空，石驱东海神工，唯有英雄题驷马；
矫若游龙横巨浸，锁断西郊春色，不放烟波下五湖。

南溪古属犍为郡僰道县，梁武帝时置南广县。隋代因避太子杨广讳，改名南溪县。现为宜宾市南溪区。桂溪桥亭在县城西郊，俗称凉亭子。

明正德十二年，杨慎回川闲居，曾应南溪刘景宇（号承之，与杨慎为同科进士，官御史）之邀，畅游“南溪八景”之“桂溪钓艇”，为桂溪桥亭题此联。后来杨慎又两次到过南溪，有《南溪舟中与刘承之话旧》《过南溪怀二刘参之承之兄弟》两诗。

天墀：帝王宫殿的台阶。杨慎的老师李东阳《校文毕即事》诗：“同下天墀奉玉音，南畿多士正如林。”巨浸：指大水、大河流。唐代骆宾王《夏日游德州赠高四》诗：“鬲津开巨浸，稽阜镇名都。”题驷马：指汉代司马相如在成都驷马桥题“不乘高车驷马，不过汝下”的故事。

泸州陈公祠联

义烈壮三泸，顾瞻遗像悲前哲；
精英存一抔，仰止高山愧后人。

泸州是四川通往云南的咽喉之地，杨升庵谪戍云南“往复滇云十四回”，大多路过泸州。况杨慎在泸州多亲友，简绍芳《升庵年谱》说他“前后乔寓江阳者十数年”。1938年《泸县志》卷第六《人物志·流寓》：“（杨慎）尝领戎役于蜀，往来道泸，多僦居焉。与贤士曾玙，章懋，韩适甫、述甫等友善。”故杨慎在泸州留下的楹联亦多。

明初泸州牧陈谦，为争取泸州升为四川直隶州，不惜进行“尸谏”，以身殉职，终使洪武帝感动而恩准。泸民感其德，在今小市镇沱江桥头修祠祭祀，名陈公祠。清嘉庆《泸州直隶州志·祠庙》：“陈公祠旧在州城内大街，祀明洪武初州牧陈谦。”储掌文题陈公祠诗自注云：“修撰新都杨升庵有题陈公祠联。”

三泸：指泸州。从元初至明初，泸州治所搬迁三次，先后在江阳旧城、神臂城和茜草坝。故泸州被称为“三泸”。杨慎诗：“三泸名号讹千古”。一抔：一捧。一捧黄土，借指坟墓。《史记·张释之冯唐列传》：“假令愚民取长陵一抔土，陛下何以加其法乎？”

泸州北岩寺联

半空楼阁千山绕；
两岸人家一水分。

北岩寺，又名万寿禅寺，在泸州小市镇的五峰山麓。宋籍《江阳续谱》载：“泸之北有山曰北岩，下瞰百家之聚。”这里小市镇与州城被沱江阻隔，1980年前仅有渡船。清嘉庆《泸州直隶厅志·寺观》：“北岩寺，明太史杨升庵题曰：‘半空楼阁千山绕，两岸人家一水分。’”

此联寓情于景，是描绘泸州的一幅风景画。

泸州五峰顶观凤亭联（二副）

一

神游寥廓清虚外；
物在尘寰梦幻中。

五峰顶又名五峰山，其山五峰并峙，故名。山在小市镇北，原有真武宫、宿云窝、观凤亭诸胜。杨升庵尝登高览胜，在真武宫书“龟蛇”二字，并撰书此二联。

寥廓：意为高远空旷。清虚：即天空、太空。

二

上帝高居朝绛节；
诸神环护接丹丘。

此联描绘在亭上所仿佛见到的虚空中的仙界景象。

绛节：为传说中上帝或仙君的一种仪仗。杜甫《玉台观》诗“中天积翠玉台遥，上帝高居绛节朝。”丹丘：指传说中神仙所居之地。

叙永县鱼凫关联

华夷统镇连千里；
黔蜀分疆第一关。

叙永县，今属四川省泸州市。地在云贵川三省交界处，是明代杨升庵谪戍期间，往返川滇的常经之路。鱼凫关，在叙永县城东面约十华里与贵州交界处，明嘉靖二十七年（1548）杨升庵经此，曾题“鱼凫关”，撰书《鱼凫关联》。清嘉庆《直隶叙永厅志》卷十一《关隘志》载：“鱼凫关，治东三里，明洪武四年（1371）建。”清光绪《续修叙永永宁厅县合志》卷五十二《楹联》载：“鱼凫关，在叙永东十里。明杨升庵过此，题联云：‘华夷统镇连千里；黔蜀分疆第一关。’”

华夷：华，指汉族；夷，是封建王朝对其他少数民族的蔑称。

此联意为：鱼凫关远连千里，统镇中华各民族；这里是贵州与四川分界的重要关隘。

鱼凫关及鱼凫关联久毁，幸1933—1935年《叙永县志》尚存杨升庵所书写“鱼凫关”照片。2012年，叙永县永宁新区建鱼凫古街，街头牌坊坊额即摘取“鱼凫关”三字中的“鱼凫”二字，柱联十四字则是笔者集杨慎书法而成。

叙永县蓬莱桥联

一水跨云虹，洞洞重门司锁钥；
两城连地轴，双双环璧拱金汤。

清嘉庆《直隶叙永厅志·津梁》：“蓬莱桥，联东西两城，居上游有五硐。明初架木为梁，上覆以楼，颜曰‘据胜’，又曰‘上桥’。万历年间，郡守周世匡重建以石。先嘉庆时，蜀人杨慎过此，题联云云，额曰‘鱼凫拥日’。”

此联意为：蓬莱桥像一条云中的彩虹飞架于江河，桥上可开可关，可防可守，把东城和西城连成一片，使叙永更加险固安全。

两城：即东城叙永厅治所，西城叙永县治所。地轴：古代传说中大地的轴。晋人张华《博物志》：“地有三千六百轴，犬牙相举。”环璧：玉环和玉璧，比喻桥的结构坚固。金汤：即金城汤池。金属造的城，沸水流淌的护城河，形容城池险固。

会理县皈依寺联

乱竹堆成世界；
把茅盖住虚空。

明嘉靖十八年（1539）初秋，杨慎至会川卫（辖今四川凉山彝族自治州会理、会东、米易县一带）。清同治《会理州治》卷六《流寓》载：“（杨慎）谪戍云南永昌卫，寓卫川，与卫人刘朝重友善。居元泉道院，有“元泉道脉”四字，石碑尚存。”同书卷二《寺观》载：“皈依寺即西来寺，在州大西门外，明永乐中建，内有盘松浮图。状元杨慎题楹联，有‘乱竹堆成世界；把茅盖住虚空’。”

此联突出皈依寺的外部景观：乱竹丛生，芭茅遮空，“把茅”，当是“芭茅”之误。芭茅，多年生草本，秆高大似竹，高2-4米。“乱竹”（仄仄）对“芭茅”（平平）更为工稳。

巍山县圆觉寺联

一水抱孤城，烟缈有无，主杖僧归苍莽外；
群峰朝迭阁，雨晴浓淡，倚栏人在画图中。

嘉靖十年约三月下旬，“杨慎游蒙化（今云南省大理白族自治州巍山彝族回族自治县），……应寺僧德林之请，撰书圆觉寺联”。此联原挂圆觉寺真如殿，有跋语略云：“升庵太史三寓蒙阳，题咏甚多。咸丰兵燹后，遂无一存。此圆觉寺一联独在，乃翻刻挂置原处，藏真迹于文庙云。”

1988年5月，笔者到云南巍山县，考察了圆觉寺、冷泉庵、巍宝山等处。巍山县文化馆文物干部陈维鼎从文物库房搬出这副原刻楹联，它是云南现存最古老的楹联实物。此联长242厘米，宽19厘米，厚5厘米，为梓木刻就，髹漆尽脱。笔者拓片珍藏。

昆明西山华亭寺山门，另挂有“明代升庵杨慎旧句，清代王白纯补书”的楹联：

一水抱城西，烟霭有无，拄杖僧归苍茫外；

群峰朝阁下，雨晴浓淡，倚栏人在画图中。

清梁章钜《楹联丛话卷之七·胜迹下》载："滇中华庭寺，亦胜迹也，有杨升庵慎题联云：'一水抱城西，烟霭有无，拄杖僧归苍茫外；群峰朝阁下，雨晴浓淡，倚栏人在画图中。'"

至于昆明西山华亭寺山门挂的那副"明·升庵杨慎旧句，王伯纯补书"的楹联，我在1981年和以后多次去考察过。联云：

一水抱城西，烟霭有无，拄杖僧归苍茫外；

群峰朝阁下，雨晴浓淡，倚栏人在画图中。

据考证，昆明西山华亭寺山门的杨慎联，是清康熙年间重修华亭寺时，巍山在昆明的一位富商，根据巍山圆觉寺联捐资所刻，其内容做了些改动。除了"烟缈"改为"烟霭"尚可外，其余皆差。比如：一、原联"孤城"对"迭阁"很工稳，但因与昆明西山的地理方位和建筑风貌不合，便改为"城西"对"阁下"。二、原联"主杖"比"拄杖"含意更丰富、贴切，"主杖"不仅有"柱杖"之意，还有"手杖主人"之意。杨慎遗物筇竹杖上，就刻有"中空外直，节劲心虚。主杖子题。"三、原联"苍莽"对"画图"本来合符声律、改成"苍茫"对"画图"后，就不合声律了。

此联影响很广，又载吴恭亨《对联话》卷三："又明杨升庵题云南省城华亭寺联云：'一水抱城西，烟霭有无，拄杖僧归苍莽外；群峰朝阁下，雨晴浓淡，倚栏人在画图中。'"

看来，此联上联尾三字作"苍莽外"，与巍山圆觉寺联是吻合的。

后来，有人又将华亭寺山门联移作云南通海县秀山联，仍署名杨升庵撰：

一水抱城边，烟霭有无，拄杖僧归苍茫外；

群峰朝阁下，雨晴浓淡，倚栏人在画图中。

只把"城西"改为"城边"，因"城边"才与秀山地理符合，余皆仍旧。

云南巍山县冷泉庵联

池花春映日；

窗竹夜鸣秋。

明嘉靖十年（1531）杨慎游蒙化，寓冷泉庵，题此联。康熙《蒙化府志》卷五《人物志·流寓·杨慎传》载："杨慎谪戍金齿，两游蒙化，寓冷泉庵。（中略）题庵柱联云：'池花春映日，窗竹夜鸣秋'。其诗文极富，兵燹散失，今录其见存，详载艺文。"1920年《蒙化县志稿》卷十二《祠庙志·冷泉庵》载："冷泉庵，在等觉寺外，即古药师殿也。内有井，清冽香美，明杨升庵两游蒙化，栖息于此中。”又，《祠庙志·刘垲〈题冷泉庵〉诗》，有“碧鸡金马当年客，窗竹池花此地诗”句，即用此事。

巍山县巍宝山文昌宫文龙亭联

明镜无分圆缺相；
孤云不系去来心。

巍宝山在巍山县城南10公里，为南诏的发祥地。文龙亭在巍宝山文昌宫，原名龙潭殿，为彝族祭龙之所。明代重修后改称文昌宫。此联现悬挂于文昌宫文龙亭上。

此联寄托了杨慎谪戍云南的乐观心境：明月如镜，无论盈亏，依旧皎洁明亮；身如孤云，飘浮不定，却感自在悠闲。

云南安宁遥岑楼联

相业四朝称第一；
人文六诏羡无双。

云南安宁遥岑楼壁所嵌杨慎撰书楹联及杨慎恭赞的“明大学士杨文襄公故里”碑，对杨一清赞美有加。

杨一清（1454—1530），字应宁，号邃庵，别号石淙，云南安宁人明代名臣。成化八年进士，曾任陕西按察副使兼督学，督理陕西马政。后又三任三边总制。历经成化、弘治、正德、嘉靖四朝，为官五十余年，官至内阁首辅，号称“出将入相，文德武功”。卒后赠太保，谥文襄。着有《关中奏议》《吏部题稿》《文襄石淙集》《石淙诗稿》等。杨一清归葬故里安宁，后将杨升庵撰书故里石牌坊残联及“杨文襄公故里”碑嵌于遥岑楼壁。

遥岑楼，又名奎阁，在安宁连然镇官厢街北口，为六边形三层亭楼。《新纂云南通志》卷四十八《地理考·古迹》：“安宁州遥岑楼，在城东，为迤西咽喉。明杨慎尝讲学于上，颜曰‘文献名邦’，题曰：‘相业四朝称第一，人文六诏羡无双。’”安宁为明大学士杨一清故里，故楼壁另嵌“明大学士杨文襄公故里碑”。碑上有成都杨慎恭赞：“四朝元老，三边总戎；出将入相，文德武功。”

又《新纂云南通志》卷九十六《金石考十六》：“明大学士杨文襄公故里碑……在安宁县东城外遥岑楼。楼悬“文献名邦”榜额，李彪重书补刊。将人相，文德武功。新都杨慎恭赞’。”

1981年4月30日，笔者到云南大学拜访著名社会科学家方国瑜老教授。他说：“杨升庵这副对联，原来是安宁杨一清故里石牌坊的柱联，坊额‘杨一清故里’，也是杨升庵写的。后来石牌坊倒塌，便连同‘明大学士杨文襄公故里碑’嵌于奎阁了。”同年5月13日，笔者到安宁县连城公社连然大队二队螳螂川畔的遥岑楼（奎阁），考察了此联和明大学士杨文襄故里碑。现在遥岑楼毁后重建，此联此碑均藏于安宁市博物馆。

相业四朝：指杨一清官至内阁首辅，历经明成化、弘治、正德、嘉靖四朝。人文：指人类文化中先进、科学、优秀、健康的部分。《辞海》：“人文，指人类社会的各种文化现象。”语出《周易·贲卦》：“文明以止，人文也。”六诏：唐代位于今云南及四川西南的乌蛮六个部落的总称，即蒙巂诏、越析诏、浪穹诏、邆赕诏、施浪诏、蒙舍诏。“诏”义为王或首领。其帅有六，因号“六诏”。这里代指云南。

赠段承恩联

三简名巡，曾是中朝御史
一时谢政，便为陆地神仙

《滇系·人物类》：“段承恩，字德夫，晋宁人，嘉靖壬辰进士，任工部都水主事，着有《三巡疏要》，以疾致仕，晋阶嘉议大夫。杨升庵太史赠有联云云。”晋宁：晋宁县，现属昆明市晋宁区。嘉靖壬辰：嘉靖十一年（1532）。

此联写段承恩在官时的荣耀，谢政后的乐趣。简：被选拔之意。中朝：朝廷中之意。

昆明高峣升庵祠联

夫子之道，鸢飞鱼跃；
先生之风，山高水长。

《高峣志》卷上《寺宇类·升庵祠》：“……祠门悬（升庵）先生自书一联，云云。”2000年，新都升庵村杨氏祠前新建“升庵故里坊”，乃书此联于坊柱。

杨升庵筇竹杖联

中空外直；
节劲心虚。

李根源《跋杨用修竹杖拓片》：“用修竹杖，刻有铭曰：‘中空外直，节劲心虚。’旧藏高峣之碧鸡精舍。民国初元，余避嚣华亭寺，精舍塌圮，余出资修葺，三至其地，尝把玩之，后移藏翠湖图书馆。”

笔者1981年4至5月赴云南考察杨慎遗迹，收求有关资料。同年4月13日到云南省博物馆，有幸见到已由翠湖图书馆移交给云南省博物馆的杨慎筇竹杖。

“中空外直，节劲心虚”，升庵先生简洁标准的4字联，以随身的筇竹杖为喻，体现了他的广阔胸怀和高尚气节。

二、摘取杨慎诗句为楹联

彭州丹景山鸭绿桥联

鸭绿桥头歌绿水，
牡丹坪上眺丹霞。

明嘉靖二十一年春，杨慎同内弟黄华、妹夫刘珥江赴彭州丹景山等地游览，曾写下七言排律《丹景山遇双池》诗。这是今人摘录此诗的第三联两句：“鸭绿桥头歌绿水，牡丹坪上眺丹霞。”制成一副楹联，挂在鸭绿桥头。

鸭绿桥：横跨在丹景山丹溪上。这里有“初唐四杰”王勃所描绘“丹溪漏日”的景观。

牡丹坪：宋陆游《天彭牡丹谱》：“牡丹，在中州，洛阳为第一。在蜀，天彭为第一。”牡丹坪是天彭牡丹的种植名区，花开之期，一眼望去，灿若丹霞。

云南剑川石宝山石窟联（八副）

一

石宝金银气；

花林锦绣堆。

按：笔者1981年4月至5月到剑川石宝山等处，均未见有楹联悬挂。随着旅游事业的发展，有人摘杨慎诗句制作了一些楹联，署名杨升庵或杨慎撰。

石宝山在剑川县西南25公里处，以山中的南诏石窟群，元代宝相寺，明代的金顶寺等闻名于世。嘉靖十年（1531）三月，杨慎与李元阳曾来游。作有《石宝山探梅》《石宝山与李仁甫（元阳）同赋》等，未见其撰联。

此联摘自杨慎《太史升庵遗集》卷七《中山寺》五律诗的颈联。全诗为："人境犹图画，禅宫已劫灰。驮经白马去，听法绀灶回。石窦金银气，花林能键堆。登临兴不尽，松壑暮涛哀。"

为适合剑川石宝山悬挂，摘句为联者竟将"石窦"篡改为"石宝"了。

二

天涯多少路；

云际几番霜。

此联摘自杨慎《滇池泛舟见新雁》五律诗的颔联。全诗为："忽见行行雁，来应自故乡。天涯多少路，云际几番霜。滇水饶葭菼，禺山足稻粱。金河尔休恋，无限虏弦张。"

三

风起青丘树；

春迷玉洞花。

此联摘自杨慎《青桥》五律诗的颈联。全诗为："阁道盘云栈，邮亭枕水涯。猿猱临客路，鸡犬隔仙家。风起青丘树，春迷玉洞花。旅怀今日豁，停幰问褒斜。"

四

宝气白毫光，天阙尘氛净；

山岚银世界，烟霄草木香。

此联摘自清康熙《峨眉山志》卷十四《卧云寺》五律诗的颔联和颈联，加以组合而成。全诗为：“峰顶散朝阳，凭高眺渺茫。山岚银世界，宝气白毫光。天阙尘氛净，烟霄草木香。不知西极外，何处有空王。”

五

峰峦含元气；

楼阁藏霞氛。

此联摘自杨慎《太史升庵遗集》卷九《石宝山与仁夫同赋》五言排律诗的第二联。全诗为：“初地追清赏，名山惬素闻。峰峦合元气，楼殿截霞氛。灌木长藤绕，幽篁细路分。刚风凝石髓，香梵满严熏。泉溜琼璈响，天吴紫薜文。兴因灵运发，人是谪仙苇。秦客迷青霭，汤休和碧云。便应开净社，甘露洗尘纷。”

六

灌水长藤绕；

幽篁细路分。

此联摘自杨慎《太史升庵遗集》卷九《石宝山与仁夫同赋》五言排律诗的第三联。

七

泉溜琼璈响；

苔斑紫薜纹。

此联摘自杨慎《太史升庵遗集》卷九《石宝山与仁夫同赋》五言排律诗的第五联。

八

梦频惊燕雀，

窟回错龙蛇。

此联摘自乾隆《云南通志》杨慎五言排律《石宝寺》诗的第四联。全诗为："迥涧数峰合，丛篁一径斜。翠氛林翳日，斑溜碧横霞。石栈重悬阁，云亭半蔽花。梦频惊燕雀，窟迥错龙蛇。昏晓更天界，阴阳窜物华。檀施象数着，幻巧鬼工奢。千尺罥萝幕，双堆拥玉髽。厨人羹绿笋，溪客饭胡麻。单夹春深健，空山雨后哗。诸天人不到，来往白云车。"

云南剑川宝相寺联（三副）

一

石栈重悬阁；

云亭半蔽花。

此联摘自乾隆《云南通志》杨慎五言排律《石宝寺》诗的第三联。

二

水落滩声急；

云低雨意浓。

此联摘自杨慎《夜泊》五律诗的颈联。全诗为："夜泊中岩下，扁舟对万峰。一星高岸火，几杵上方钟。水落滩声急，云低雨意浓。何人吹铁笛，潭下恼鱼龙。"

三

几杵林钟敲后，月似银船劝酒；

两行灯火归时，星如玉弹围棋。

此联摘自杨慎《正月六日温泉晚归》七绝诗。全诗为："月似银船劝酒，星如玉弹围棋。几杵林钟敲后，两行松火归时。"此联只是调整诗的顺序，成为对联的格式。

石宝山剑阳金顶寺联

阳壑春留千岁草；

阴岩雪荫四时松。

此联摘自杨慎《望华岳》七律诗的颈联。全诗为：“白帝真源紫界封，金天削出翠芙蓉。高擎零露仙人掌，俯看明星玉女峰。阳壑春留千岁草，阴岩雪荫四时松。频年来往尘埃里，敢向山灵问逸踪。”

华岳：古称西岳，雅称太华山，为五岳之一，位于陕西省渭南华阴市，古称“奇险天下第一山”。

石宝山剑阳石宝灵泉联

壁古仙苔见；
泉香瑞草闻。

此联摘自杨慎《感通寺》五律诗的颈联。全诗为：“岳麓苍山半，波涛黑水分。传灯留圣制，演梵听华云。壁古仙苔见，泉香瑞草闻。花宫三十六，一一远人群。”

感通寺位于大理古城和下关之间点苍山圣应峰南麓，嘉靖九年（1530）二月，杨慎与李元阳游点苍山，宿感通寺二十多日，杨慎在此校注《转注古音略》，并作《感通寺》诗。

云南鸡冠峰宝岩居联

飞锡曾闻经雪岭，
结茅常爱住云松。

此联摘自杨慎《送福上人还青城》七律诗的颔联。全诗为：“青城三十六高峰，寺在青峰第几重。飞锡曾闻经雪岭，结茅常爱住云松。花飘香界诸天雨，金吼霜林半夜钟。传语禅关休上锁，虎溪他日会相从。”

青城山在四川都江堰市，距新都仅百余里，杨慎多次往游。

摘杨慎诗句为联者尚多，不一一枚举。

三、存疑的杨慎楹联

笔者在收集杨慎楹联资料时，发现各地还有一些署名为杨升庵或杨慎撰的楹联。这些楹联查不到历史记载，有的违反联律，格调不高；有的附会之作，口碑相传。其目的是托杨升庵或杨慎之名，行宣传地方景点之实。这些楹联在没有找到确证之前，姑且存疑。如：

云南鸡足山联

宾壶酒尽人皆醉；
苍山雪冷我独餐。

王文才《杨慎学谱·别录》载此联。王案："款题'饮雪道人杨慎书'，字迹异常，不知是其笔否？"

《中国名人对联集》载此联，题作《云南宾川鸡足山石刻》。注释："宾壶，吕洞宾的酒壶。"

《名家对联集》载此联，题作《题云南宾川鸡足山联》：上联"宾壶"作"宾客"。

王文才先生的怀疑是正确的。杨慎谪戍云南后，号博南山人、滇南戍史、金马碧鸡老兵，未闻其号"饮雪道人"者。宾壶，解释为"吕洞宾的酒壶"，太为牵强。"宾壶"改作"宾客"，稍好理解。但更重要的是：下联"苍山雪冷"（《云南名胜楹联大观》作"苍山雪岭"）与"宾壶酒尽"，违反楹联法则，平仄失替。这种现象，杨慎作品中是不会发生的。

云南弥渡圆觉寺联

高阁高悬，低阁低悬，僧在画中看画；

远峰远列，近峰近列，人来山上观山。

此联见于当代多种楹联集，有的“列”作“刊”。联署杨慎撰，但无文献可考。

此联《云南名胜楹联大观》又作为《巍山县巍宝山圆觉寺联》，朱光霁撰。朱光霁，字克明，蒙化人，贵州按察使朱玑之子。正德八年（1513），乡试得中，但京试不利，与其兄光弼从学于王阳明。官至西安府同知，后退隐蒙化。

云南永昌板桥联

烟火万家人两岸，
春江一曲柳千条。

杨慎谪戍云南永昌卫，多次路过板桥，有《再过板桥》诗，但杨慎文献未见板桥联。

上联化裁宋梅尧臣《依韵和李舍人旅中寒食感事》颈联末句：“戢戢车徒九门盛，寥寥烟火万家微。”下联集自唐刘禹锡《杨柳枝》诗首联首句：“春江一曲柳千条，二十年前旧板桥。”《云南名胜楹联大观》又作为《宝山市北津桥楹联》，作者佚名。

云南剑川宝相寺联

音即是观，观我观人观世界；
士何称大，大经大法大慈悲。

此联无文献可考。“音即是观”，费解。

云南洱东天镜阁联

一峰斜插水中，东是水、西是水；
杰阁遥临天外，上有天、下有天。

此联无文献可考。《云南名胜楹联大观》列为《大理县慈父岛云天阁楹联》，作者佚名，联中“一峰”作“异峰”，“天外”作“天半”。

杨慎为明代著名文学家和多学科学者。在文学领域中，他写下众多诗、词、曲、赋和文章，惟其楹联仅属少部分，或散见于各种书籍和地方志，或幸存于各名胜地。杨慎的楹联，保存不多，流播不广。更有一些是其他人冒名伪作，以讹传讹，需要重新考证和纠谬的。杨慎的楹联，还有待于深的挖掘、新的发现。

（原载《文史杂志》1996 年第 5 期、第 6 期）

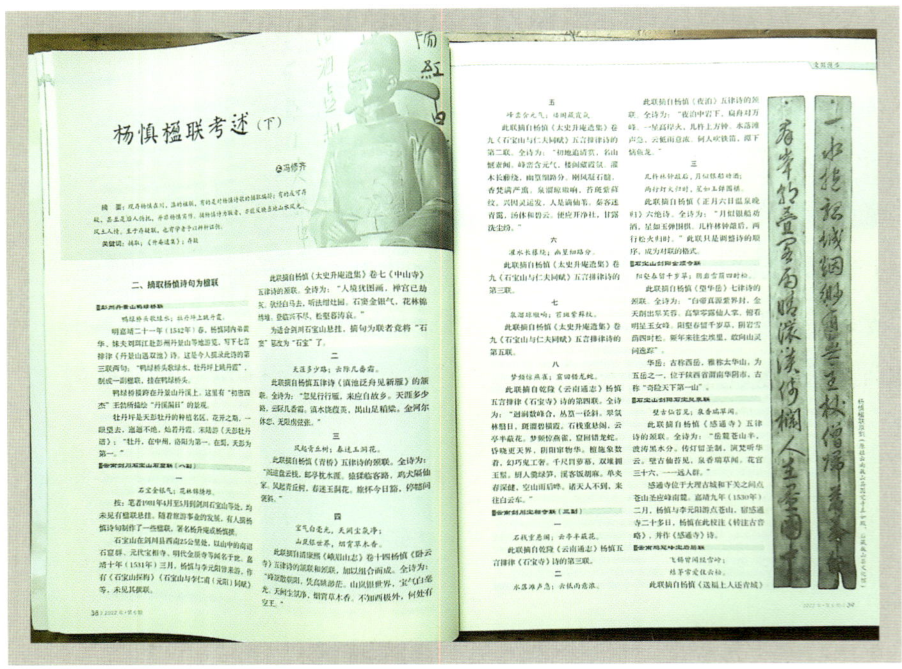
杨慎楹联考述（下）

冯修齐

二、摘取杨慎诗句为楹联

本书主要参考书目

清蜀西云水散人选辑《天下名胜楹联》，锦城文芳堂，光绪十七年（1891）版
清繁江雪堂老人纂述《潜西随笔》，新繁龙藏寺潜西精舍，光绪十九年（1893）版
胡君复原编、常江点校重编《古今联语汇选》，西苑出版社，2002年1月第一版
吴恭亨撰、喻岳衡点校，《对联话》，岳麓书社，1984年3月第一版
王文才《杨慎学谱》，上海古籍出版社，1988年5月第1版
张一璠、任启臻《巴蜀名胜楹联大全》，1992年6月第一版
郭鑫铨《云南名胜楹联大观》，云南大学出版社，1994年第1版
冯修齐编著《桂湖古今楹联辑注》，新都杨升庵博物馆，1996年印行。
冯修齐编著《新都楹联》，四川人民出版社，2001年12月第1版
四川省楹联学会主编《天府联苑》，楹联季刊（1989年创刊）

后记

新都历史悠久，人文蔚起，古称“文献名都”。新都桂湖是享誉全国的名胜园林，园林内悬挂的楹联众多，具有很高的历史文献价值和艺术价值。为了更好地弘扬中华优秀传统文化，保存新都地方文史资料，充分展示桂湖丰富的历史渊源和文化内涵，成都市新都区地方志编纂委员会办公室特聘请四川省政府文史研究馆馆员，中国楹联学会顾问、学术委员会副主任冯修齐执笔编写《桂湖楹联》。

在古今楹联专集、名人笔记、新都地方文献中，偶有以桂湖和杨升庵祠为主题的楹联。冯修齐从1979年开始，即对桂湖楹联广搜博求，细勘详考。同时，先后组织著名楹联家和书法家，为杨升庵祠、桂湖及相关遗迹撰写楹联，为《桂湖楹联》一书的编写做了大量的基础性工作。该书在编写中进行了以下考量：

一、《桂湖楹联》中的桂湖为广义的桂湖。按历史纵向划分，包括明代杨升庵和黄峨故居榴阁，清代桂湖，民国桂湖公园，当代杨升庵纪念馆、桂湖及杨升庵祠。按地域横向划分，包括杨升庵祠及桂湖，桂湖森林广场，状元街状元坊，杨慎家族墓，升庵村杨氏宗祠。

二、本书的编辑体例，依次为联题、正文、作者，后为楹联的题解、注释、讲解、作者简介。题解：介绍建筑概况、楹联出处、刻挂位置及其他需要说明之处。注释：仅对楹联中的生僻词条做必要的注释，相同词条注明见本书某页。讲解：对楹联上下联的内容做全面讲述，加深理解。作者简介：分别介绍楹联作者（撰联者和书联者）的简要生平及主要成就等，相同作者，注明见本书某页。

三、本书全部采用国务院公布的简化字，将异体字规范为正体字，对文中的错讹进行校正。为体现楹联书法艺术，增强视觉效果、达到文图并茂，选配了实地景观、楹联墨迹、楹联图片等170余幅。

桂湖楹联，意境独到，情思丰厚，书法纷呈，各具风姿，给人以陶冶情操、增长知识的美感享受。《桂湖楹联》共收录楹联110副，同时收录桂湖三次征联内容和《杨慎楹联考述》专文，较之以前的桂湖楹联著作，该书内容更加翔实和系统，可谓目前桂湖最完整的楹联总集。

本书对楹联中所涉及的历史、地理、名胜、古迹、风物、掌故，以及较难读懂的字音词义，做了必要的注释，更便于读者理解，加深印象。《桂湖楹联》作为《桂湖诗词》的姊妹篇，围绕新都升庵文化纪念地，以楹联及其解读为中心，情理交融，极富人文内涵。此书的编写出版有助于将历史文脉融入现代生活，将山水风光汇成宜居之地，将文化自信构筑起天府市民共有的精神家园。同时对于传承升庵文化，增进爱乡情结均大有裨益。

本书在编辑过程中，得到各有关部门和知情人士的热情支持和帮助，许谆、张家寿提供部分照片，在此深表谢意。桂湖楹联因为散见各处，搜求不全；有些文字材料，难以核实。又因编者水平有限，书中出现的舛误和不足之处，尚望楹联界专家、广大读者不吝指正。

编者

2023 年 9 月